# 하얗게
# 웃어줘
# 라오스

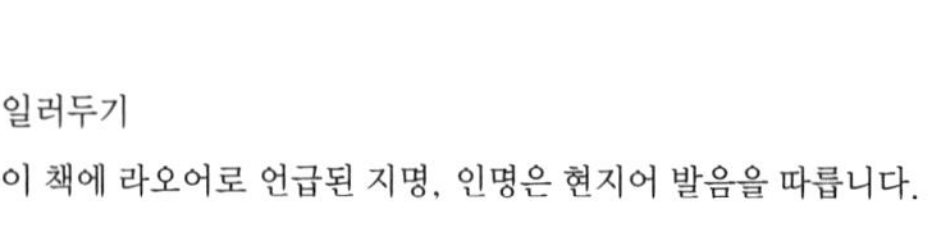

일러두기

이 책에 라오어로 언급된 지명, 인명은 현지어 발음을 따릅니다.

# 하얗게 웃어줘 라오스

칫솔을
선물하러 떠난
청년의
777일간의
라오스 체류기

## 프롤로그
## 라오스 사람들은 경주가 아닌 완주를 위해 살아간다

"라오스 사람들은 욕심이 없고 참 착한데, 한편으로 보면 너무 느긋해서 열심히 살지 않는 것 같아요."
"그렇게 느낄 수도 있겠다. 우리는 인생이 승패를 가르는 경주가 아니라 개인의 레이스를 완주하는 것이라고 생각하거든."
라오스에서 살게 된 지 서너 달쯤 됐을 때, 가장 친한 친구인 마사지사 아룬 형과 이런저런 수다를 떨던 주말 오후였다. 나는 형에게 매사에 느린 이곳 라오스와 달리 한국은 '빨리 빨리'를 중요하게 생각하는 나라라고 설명했다. 한국 사람들은 자신의 꿈을 이루고 더 나은 미래를 만들기 위해 굉장히 바쁘게 살아가며, 나 역시 그랬었노라고. 하지만 아룬 형은 미래보다는 현재가 더 중요하다고 말했다.
"삶은 순환하는 거야. 사람은 자신이 쌓은 공덕에 따라 다시 태어나지. 영원하지 않은 삶에 미련을 가질 필요가 뭐가 있겠어. 그러니까 너도 미래를 보지 말고 현재를 봐."

삼수 끝에 대학에 들어간 나는 다소 늦은 출발로 남들보다 뒤처졌으며 남들을 따라잡아야 한다는 생각에 사로잡혀 매사에 조급하게 살아왔다. 하지만, 완주를 목표로 사는 것이 인생이라고 생각하니 다른 사람들을 경쟁의 대상이 아닌, 더불어 함께 살아가는 존재로 바라보게 됐다. 삶에 대한 새로운 시각을 갖게 됨으로써 열악한 환경에서 살아가는 개발도상국 아이들에게 치위생 교육을 실시하는 '치카치카 프로젝트'도 만들 수 있었다. 라오스에서 보낸 777일 동안 얻은 깨달음과 치카치카 프로젝트에 대한 이야기를 담은 이 책으로 인생을 완주하듯 살아야 한다는 나의 생각을 전하려는 것은 아니다. 다만 라오스 아이들의 하얀 미소를 지키는 데 조금이라도 보탬이 되길 바랄 뿐이다.

언제나 나를 아끼고 격려해주는 가족과 친구들, 라오스에서 힘이 되어준 우영, 인성이와 동기들, 치카치카 프로젝트가 열매를 맺을 수 있도록 도와준 정화, 동우, 남호. 그리고 라오스 친구 쏨밋, 뚜이, 미국에 있는 유진, 노동효 작가 형님과 김초롱 편집자님, 길 위에서 만난 모든 인연에게 고마운 마음을 전한다.

**Prologue**

**Part 1**

조금씩 내딛는 발걸음

## Part 2

순수의 사람들 곁으로

## Part 3

어느새 진하게 물들다

## Part 4

하얗게 웃어줘 라오스



## Epilogue

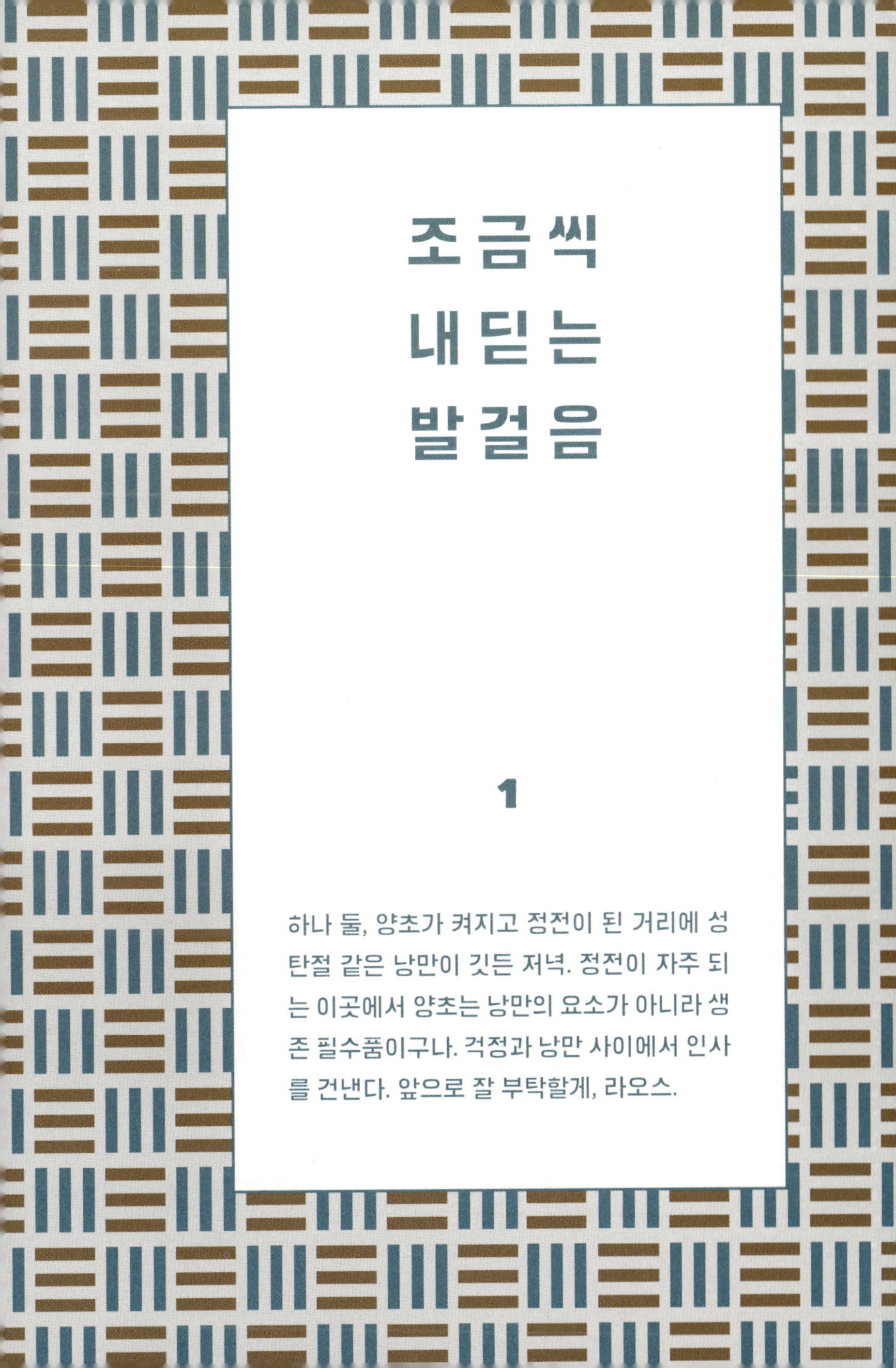

# 조금씩 내딛는 발걸음

## 1

하나 둘, 양초가 켜지고 정전이 된 거리에 성탄절 같은 낭만이 깃든 저녁. 정전이 자주 되는 이곳에서 양초는 낭만의 요소가 아니라 생존 필수품이구나. 걱정과 낭만 사이에서 인사를 건낸다. 앞으로 잘 부탁할게, 라오스.

ⓒ박상현

싸바이 디, 닌디 티 후짝!

ສະບາຍດີ,
ຍິນດີທີ່ຮູ້ຈັກ

새벽 4시. 한밤중이나 다름없는 까만 하늘에 크고 작은 북소리가 퍼진다. 라오스의 어느 도시, 어느 마을에나 한두 개쯤 있는 사원에서는 새벽 4시가 되면 하루의 시작을 알리는 북을 친다. 고요한 새벽을 가르고 북소리가 울리면 온 마을이 뒤척이며 잠에서 깨어나는 게 느껴진다. 라오스 사람들은 북소리를 들으며 평온한 하루를 시작한다. 곧 밥 짓는 김이 섞인 고소한 내음이 퍼지고 탈탈거리는 오토바이 소리가 들려올 것이다. 이방인인 나에게는 단잠을 깨우고 불쑥 들려오는 소리가 반갑지만은 않지만, 라오스 사람들에게 소중한 하루가 시작됐음을 알리는 '거룩한 자명종' 소리다.

애써 다시 잠을 청해보려는데 이제는 아파트 근처에서 수탉이 목청껏 울어대기 시작한다. 라오스의 수도 비엔티안, 도심에서도 가장 번화한 곳에 위치한 메콩아파트. 아파트 앞에 전국에 몇 개 되지 않는 왕복 10차선 도로가 펼쳐 있는 곳에서 수탉이 시원하게 운다. 라오스에 온 뒤 서울의 비둘기만큼이나 많은 닭을 봤지만, 닭장 안에 갇혀 있는 닭은 보지 못했다. 집 근처에서 자유롭게 풀 숲의 지렁이 따위를 잡아 먹으러 돌아다니는 모습은 영락없이 동네를 어슬렁거리다가도 용하게 제 집으로 돌아가는 개나 고양이 같다. 같은 방에서 묵고 있는 코이카(KOICA, 한국국제협력단) 동기에게 물었다.

"여기가 한국으로 따지면 어느 동네쯤 될까?"

"글쎄. 한강 자이? 아님, 타워팰리스?"

"이 동네 타워팰리스에서는 애완용으로 닭 키우네."

게으름을 피우며 꼼지락거리려다가 애완 계(鷄) 소리에 잠이 홀딱 깬 나는 마지 못해 일어나 이른 아침을 맞는다. 가사도우미로 일하시는 남편 아줌마가 챙겨주는 아침 밥을 먹고 라오어를 배우러 나간다. 찹쌀을 대나무 소쿠리에 넣고 찐 밥, '카오 니야우'가 입맛에 맞아서인지 아직까지 먹는 문제로는 큰 고생 한번 하지 않았다. 적응하는 게 어렵지 않았다는 것만으로도 라오스의 첫인상은 일단 합격. 라오어에는 "잘 먹었습니다"라는 인사말이 따로 없어서 아주 맛있다는 의미의 "쌥라이!"를 외쳤다. 남편 아줌마는 "쌥 라이"라고 한 글자씩 천천히 말하며 나에게 강세를 다시 알려준다. 간밤에 한바탕 소나기가 퍼부어서인지 아침의 거리는 시원하다. 곧 뜨거운 태양이 떠오르고 거리는 이글거리겠지. 이곳은 오전 11

밥 짓는 김이 섞인 고소한 내음이 풍기는 아침의 풍경.

시 정도만 돼도 돌아다니기 힘들 정도로 햇볕이 쨍쨍해져 메콩강 주변에서 야시장을 준비하는 사람들이 모이는 오후 4~5시가 될 때까지 숨 쉬기도 힘겨운 열기가 거리를 꽉 메운다. 하지만 저녁이 되고 밤이 오면 어김없이 빗소리가 들리고 세찬 소나기가 내려 뜨거웠던 거리를 식힌다. 참기 힘든 더위지만, 규칙적으로 되풀이되는 이 날씨가 왠지 모르게 평화롭게 느껴져 마음에 든다.

• • •

학원에서 돌아오는 저녁. 걸어서, 혹은 자전거나 오토바이를 타고 집으로 돌아가는 사람들이 보인다. 하루를 마무리하는 평화롭고 한산한 풍경을 사진으로 남기고 싶어 카메라를 들었다. 렌즈 너머 보이는 라오스 꼬마가 자기를 찍는다고 생각했는지, 나에게 손을 흔든다. 붙임성 가득한 표정이 귀여워 꼬마를 향해 셔터를 눌렀다. 낯선 사람이 사진을 찍으면 손으로 얼굴을 가릴 만도 한데, 경계심이라고는 찾아볼 수 없는 모습이다. 라오스에 도착한 지 이제 일주일. 꼬마의 작은 손짓에 좋은 예감이 든다. 라오스에서 처음으로 찍은 사진의 주인공이 손을 흔들어주다니, 라오스의 환영 인사를 받은 기분이다. 이곳에 온 첫날 배운 라오어가 나도 모르게 튀어나온다.

"싸바이 디, 닌디 티 후짝(안녕, 만나서 반가워)."

만나서 반갑다, 라오스.

이렇게나 쉽게, 앞으로 2년간 살게 될 아직은 낯선 땅 라오스에 무장해제돼버렸다.

# 한 편의 다큐멘터리가 라오스로 나를 불렀다

# ໜຶ່ງສາລະຄະດີ ນຳພາຂ້ອຍໄປລາວ

"라오스는 태국이랑 베트남 사이에 있대. 『뉴욕타임스』에서 꼭 가봐야 할 나라 1위로 선정했다던데?"

라오스에 대해 뭘 알고 온 것은 아니라 라오스가 어디에 있냐고 물어볼 때마다 나는 이렇게 대답했다. 그저 주워들은 이야기로만 설명할 수밖에. 사실 나는 여행을 하기 위해 라오스에 온 건 아니다. 수년 전, 우연히 본 다큐멘터리 프로그램이 나를 라오스로 이끌었다고 하는 게 옳은 설명일 것이다.

• • •

보통 남자 아이들이 사춘기를 관통하면서 겪는 크고 작은 사고를 치는 수준이긴 했지만, 나는 꽤 다크한(!) 십대를 보냈다. 사춘기가 남들보다 독하게 찾아왔고, 그때 느낀 공허함은 학교 선생님들을 향한 반항적인 태도로 표출됐다. 물론 공부도 잘할 리 없었다. 반에서 중간을 애매하게 왔다 갔다 하던 성적은 고등학교에 진학하기 무섭게 하위권을 맴돌았다. 그러다가 고3이 되던 해, 어머니의 눈물을 보고서야 벼락치기 몇 달 해서 겨우겨우 지방에 있는 대학교에 들어갔다. 하지만 그마저도 도살장 끌려다니는 기분으로 다녔다. 학교만 억지로 다닌 게 아니라, 인생 자체가 무의미했고 하루하루가 감당하기 벅찼다.

자체 휴강을 하고 집에서 뭉그적거리고 있던 어느 날 오후, 무심코 TV 채널을 돌리고 있을 때였다. 특이한 학과에서 공부하는 대학생들의 하루 일과를 담은 다큐멘터리였던 것 같다. 화면에는 장애인 농구단과 어울려 시합을 하기 위해 휠체어를 타고 농구 연습을 하는 특수체육학과 학생들이 나오고 있었다. 그다지 감성을 건드리는 내용도 아니었건만, 나는 화면에서 눈을 뗄 수가 없었다. 열정적으로 사는 또래 학생들을 보니 방바닥에 엎드려 리모컨을 만지작거리는 내 모습이 부끄러웠다. 평소 운동깨나 하는 편이라 자부하던 나는 '내 건강이 아니라 장애인을 위한 체육'이 있다는 사실에 충격에 가까운 놀라움을 느꼈다. 바로 다음 날 도서관으로 가 특수체육에 대한 책을 모두 빌려왔다. 책을 통해 특수체육이라는 분야에 대해 알아보면서 스스로에게 수많은 질문을 던졌다. 왜 그들은 남을 위한 삶을 선택했을까? 그게 즐거울까? 지금 나는 왜 이렇게 끌려 다니는 것처럼 살고 있을까? 남들 하는 대로 흉내 내거나 시키는 것만 하면서 살아온 건 아닐까?
나도 가치 있는 삶을 살고 싶다는 강한 열망이 생겨났다. 그날부터 나는 특수체육에 대한 책을 빌렸던 그 도서관에서 수능 공부를 시작했다. 가치 있는 삶을 살려면 어떻게 해야 하는지 명확히 알 수 없었던 나는 먼저 두 가지 목표를 정했다.
첫째, 수능을 다시 봐서 특수체육학과에 진학하자.
둘째, 해외로 봉사활동을 떠나 남을 위해 살아보자.
그게 22살 때다. 공부에 대한 기초가 전혀 없었던 나는 삼수 끝에 전액 장학금을 받고 대학에 입학 할 수 있었다.
무의미하게 살던 나로선 스스로 목표를 세우고 노력해 성공해본 경험이 처음이었기에 세상을 다 가진 듯한 환희를 느꼈다. 그리고 비뚤어진 마음으로 살던 내가 꿈을 갖고 변했듯, 장애를 가진 학생들도 변할 수 있다는 믿음을 갖게 됐다. 물론 몸이 불편한 학생이 갑자기 두 발로 뛸 수 있게 되거나, 학생들의 지적 능력이 기적적으로 향상될 수는 없을 것이다. 하지만 늘 움츠려 있던 아이들도 꿈이 생기면 달라질 수 있다고 생각한다.
특수학급을 담당하는 교사가 된 이후에는 더욱더 몸이 불편한 학생들에게 빛나는 꿈과 건강한 정신이 깃들게 해주고 싶었다. 실제로 조금씩 변해가는 학생들을 보며 내 삶과 다른 사람의 삶을 가치 있게 만드는 일을 할 수 있어서 행복하다는 생각이 들었다. 첫 번째 목표를 이룬 나는, 두 번째 목표를 이루기 위해 한국국제협력단을 통해 라오스에 오게 됐다. (이 글을 쓰는 지금은 군복무 대체 국제협력요원제도를 폐지하는 절차가 진행 중이다.)

"군대 가서 여름만 보내고 오겠네."

"뭐, 재미있을 것 같아."

군대 문제도 함께 해결할 수 있어서 좋긴 하지. 주변에서 내 진심을 몰라주고 비아냥거리는 말을 들을 때면 괜히 심드렁하게 대답했다.

그러나 가슴이 뛴다. 방황하던 내가 라오스까지
오게 된 건 우연히 본 다큐멘터리 한 편.
그 다큐멘터리 한 편으로 내게 꿈과 목표가 생겼다.
'별'이라는 뜻을 가진 내 라오스 이름 '다오'처럼
아이들에게 기준이 되는 존재가 되고 싶다.
라오스의 가난한 시골 학교 학생들에게
내가 그 다큐멘터리와 같은 역할을 할 수 있으면 좋겠다.

꿈이 생기면 변하는 삶,
그 위력은 누구보다 내가 잘 아니까.

# 정전이 가져온 크리스마스

## ວັນຄຣິສມາດ

짧은 휴식이 주어져 비엔티안에서 네 시간 거리에 있는 방비엥이라는 도시에 갔다. 라오스 제1의 관광지 루앙프라방으로 가는 길목에 있는 방비엥은 동양의 수묵화처럼 구름이 걸린 산과 잔잔하게 흐르는 쏭강이 잘 어우러진 아름다운 곳이다. 아름다운 자연 속에서 카야킹, 동굴 탐험 등 다양한 레포츠를 즐길 수 있어서 언제나 여행객들이 바글바글하다. 현지인보다는 무리 지어 돌아다니는 서양인이 더 많이 보일 정도다.

이곳에 오면 누구나 한 번쯤은 한다는 카야킹을 마치고 산책을 했다. 골목 구석구석까지 돌아다니며 구경했는데도 시내가 워낙 좁아 30분 정도 걸으니 이미 이 도시를 잘 알게 된 듯한 기분이 든다. 길거리에서 꼬치 요리를 파는 사람들, 어슬렁거리는 개와 고양이, 자전거와 오토바이를 타고 거리를 산책하는 여행객들, 물놀이를 즐기고 한쪽 어깨에 튜브를 끼고 돌아오는 반바지 차림의 사람들. 그리고 레스토랑에 누워 TV를 보는 사람들. 어디를 가나 방비엥으로 여행을 온 외국인들로 꽉 차 있는데 신기하게도 느긋한 공기가 여행객들의 들뜬 마음을 가라 앉힌다. 레스토랑에서 여유를 만끽하는 사람들을 보니 이곳을 소개하는 가이드북에 지나치

게 많이 씌어 있던 '아무것도 하지 않을 자유'라는 글씨가 자막처럼 보이는 것 같다.

쏭강이 보이는 전망 좋은 레스토랑에서 제법 괜찮은 저녁 식사를 하고 숙소로 돌아가는 길, 비엔티안에서는 볼 수 없는 팬케이크를 파는 노점상이 줄지어 있다. 팬케이크가 라오스 전통 음식일리는 없고, 워낙 서양 사람이 많이 찾는 관광지라서 그들의 입맛에 맞춘 길거리 음식이 발달한 것 같다.

"우리도 팬케이크 하나 먹을까?"

"호떡 사먹는 여행객 같아 보일걸."

"이럴 때 기분 내는 거지 뭐."

여행객 티를 내면서 엄청난 칼로리를 자랑하는 악마의 초콜릿, 누텔라를 잔뜩 바른 팬케이크를 시켰다. 팬케이크를 손에 드는데, 순식간에 방비엥 시내가 어둠으로 뒤덮인다. 길눈이 밝은 편이라 손바닥만한 방비엥 거리쯤은 아까 모두 알게 됐다고 생각했는데 칠흑 같은 어둠 속에서는 방향조차 가늠되지 않는다. 당황해서 팬케이크 노점 앞에 그대로 서 있으니 얼마 지나지 않아 가게마다 하나둘 촛불이 켜진다. 이 시간에 정전된다는 예고 방송이라도 들

은 것처럼 가게 주인들은 별 일 아니라는 듯 준비한 양초를 꺼낸다. 정전된 거리에서 어둠이 조금씩 물러가고 성탄절 같은 조용한 낭만이 깃든다.

촛불을 가로등 삼아 어렵게 돌아온 숙소에선 약간은 취한 동기들이 기타를 치며 노래를 부르고 있었다. 6주간의 훈련이 끝나면 다 다음 주부터 한 명씩 따로 떨어져 살게 된다. 아무리 군대 대신 온 거라지만, 이제 아는 사람 하나 없는 외국, 그것도 동남아시아의 최빈국, 지독하게 가난한 라오스에서 홀로 살아야 한다. 이런저런 감상이 뒤엉켜 한 명 한 명의 얼굴을 찬찬히 바라보는데 오랫동안 알아온 친구들처럼 마음 한구석이 시큰해진다. 몇 곡이나 노래를 불렀을까. 시간이 흘렀는데도 전기가 들어오지 않는다. 숙소 안내 데스크에 물어보니 여긴 정전이 일상화된 곳이란다. 직원은 에어컨이 작동되지 않아 조금 덥겠지만, 어차피 해가 졌으니 곧 잠을 자면 되지 않겠냐며 웃는다.

이곳 라오스에서는 양초가 낭만의 요소가 아니라 생존 필수품이구나. 갑자기 내가 과연 잘 살아갈 수 있을까 하는 걱정이 든다. 걱정과 낭만 사이, 방비엥의 밤은 전기 없이도 밝게 빛나고 있다.

그리고 이주일 뒤, 내가 2년 동안 있게 될 장소가 정해졌다. 바로 방비엥중학교. 2년 동안 방비엥중학교 체육 선생님으로 지내게 된 것이다. 꼭 양초를 사가야겠다는 생각이 들었다.

낮은 산봉우리가
겹겹으로 이어지고
유유히 강이 흐르는
방비엥.

# 마사지사 아룬 형에게
# 배우는 라오어

## ພາສາລາວ ຮຽນໜັງສື

조금씩 내딛는 발걸음

방비엥에서 지내기 위해 집을 구하고, 통장을 만들고, 방비엥중학교에 가서 선생님들께 인사도 드려야 하는 등 할 일이 꽤 많다. 정신을 바짝 차려야 하는데, 관광 도시답게 흥에 취한 거리의 여행객들을 보니 나도 여기 놀러 온 게 아닌가 헷갈린다. 현실 감각이 돌아온 것은 다음 날 아침. 침대에서 일어나 물을 한 잔 마실까 하고 부엌으로 갔을 때 한쪽에 널브러진 바퀴벌레 시체를 발견한 순간이었다. 한국에서 보아온 것과는 엄청난 차이가 있는 크기다. 손으로 때려잡는 게 멈칫해질 정도다. 어떻게 들어왔는지 현관문 근처에선 도마뱀의 길쭉한 울음소리까지 들린다. '찌찌암'이라고 불리는 라오스 어디에서나 흔하게 볼 수 있는 손가락 크기의 꼬마 도마뱀은 거의 울지 않는데, 이 녀석은 사람 팔뚝만한 덩치에 맞게 우렁차게 울어대는데 정신이 번쩍 들었다. 라오스에서 살면 이렇게 엄청난 크기의 바퀴벌레와 도마뱀과 마주하면서 살게 되겠구나. 하, 한숨이 절로 나온다.

그나마 희소식은 새로 사귄 친구가 다 이렇게 괴상하지만은 않다는 것이다. 정상적(?)인 그 친구는 라오스 사람 아룬으로, 방비엥 시내에 있는 마사지 가게의 솜씨 좋은 마사지사다. 마사지를 해주

는 내내 대화를 하면서 내가 라오어를 잘못 말할 때마다 고쳐주었다. 손님이 없을 때 오면 라오어를 가르쳐주겠다며 편하게 가게에 들르라고 말한다. 그냥 하는 말은 아닌 것 같고 대가를 바라지도 않는 진심이 느껴져 다음 날 바로 아룬을 만나러 가게에 갔다. 알고 보니 나보다 두 살 많은 형이었다. 주스와 과자를 사 들고 찾아간 나에게 아룬 형은 자기는 뭘 바라는 게 아니고 재미로 가르치는 것이라며 상냥하면서도 단호하게 엄포를 놓았다.

"다오는 그냥 마음만 가지고 오면 돼."

맨 처음 라오글자를 봤을 때가 생각난다. 오묘하게 꼬이고 꼬인 라오글자는 한눈에 봐도 예사롭지 않았다. 이렇게 심오하게 꼬인 문자를 누가 만들었을까? 라오스가 속한 인도차이나는 거대한 두 문명이 충돌한 지역이다. 중국은 19세기 말까지 지속적으로 베트남에 영향을 미쳤고, 인도는 캄보디아를 통해 태국과 라오스에 언어뿐만 아니라 종교와 문화를 전파시켰다. 이처럼 라오어는 고대 인도의 불교 언어인 산스리트어와 팔리어의 영향을 받았다. 라오어는 소리나는 대로 읽히는 표음문자라 배우기 쉽다고 하지만 발음이 똑같은 자음과 모음이 굉장히 많아 문자를 읽을 줄 알아도 단어를 정확히 외우지 않으면 헷갈리는 단어가 태반이다. 또 하나, 라오어는 성조가 있어서 단어 하나하나 신경 써서 발음해야 한다. 예를 들어 '무'라는 발음의 단어는 상성음으로 '친구'라는 의미이지만 하성음으로는 '돼지'라는 뜻이 된다. 자칫 잘못했다가는 친구를 돼지로 소개할 수도 있는 게 라오어다.

라오어를 어려워하는 나에게 아룬 형은 현지 발음을 정확하게 알려주는 좋은 선생님이다. 가끔은 학원에선 배울 수 없던 은어 위주의 실용적인 표현들을 가르쳐주는데, 알고 나니 의외로 길거리에서 자주 듣게 되는 말이다. 아룬 형에게 배운 말을 시험해볼 수 있는 최적의 장소는 시장. 내가 시장에 가는 시간은 주로 저녁을 준비하는 사람들로 붐비는 오후 4시에서 5시 사이다. 긴 대화는 할 수 없지만, 간략하면서도 실용적인 문장이 섞인 대화를 나눌 수 있다. 야채 가게에서 당근과 양파를 사며 아줌마랑 시시덕거리는데 근처 가게의 아줌마들이 짓궂은 농담들을 던진다.

"어이 야채 가게, 젊은 남편 들였어? 부럽네."

"아줌마도 돈 많이 버세요. 그럼 제가 괜찮은 한국 총각 소개시켜 드릴게요."

틀린 문법 때문인지, 내 농담 때문인지 아줌마들이 박장대소한다. 한 아주머니가 오늘이 지나면 너무 익어서 버려야 한다며 내 머리만한 파파야 한 통을 내민다. 심지어 공짜. 저녁을 먹고 후식으로 파파야를 반 토막 내 수박 먹듯이 해치웠다. 잘 익은 파파야는 향이 진했다. 파파야가 점점 맛있게 익어가고 서툰 라오어 실력이 조금씩 늘어가듯, 내 가슴속 라오스의 향도 더욱 진해지면 좋겠다.

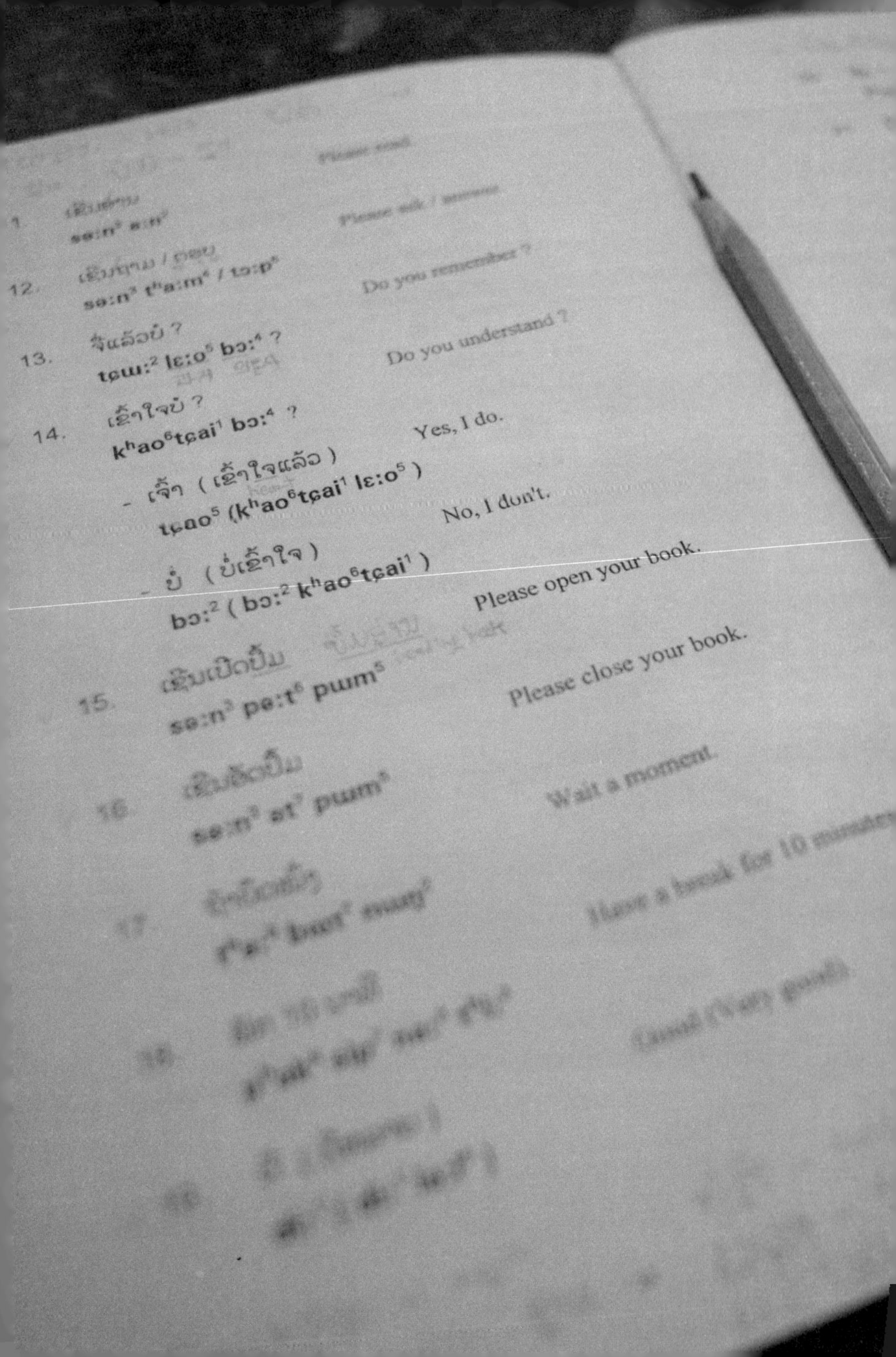

Please read.

Please ask / answer

12. sə:n³ tʰa:m⁴ / tɔ:p⁵

Do you remember ?

13. ຈື່ແລ້ວບໍ່ ?

tɕɯ:² lɛ:o⁵ bɔ:⁴ ?

Do you understand ?

14. ເຂົ້າໃຈບໍ່ ?

kʰao⁶tɕai¹ bɔ:⁴ ?

Yes, I do.

- ເຈົ້າ ( ເຂົ້າໃຈແລ້ວ )

tɕao⁵ (kʰao⁶tɕai¹ lɛ:o⁵ )

No, I don't.

- ບໍ່ ( ບໍ່ເຂົ້າໃຈ )

bɔ:² ( bɔ:² kʰao⁶tɕai¹ )

Please open your book.

15. ເຊີນເປີດປຶ້ມ

sə:n³ pə:t⁶ pɯm⁵

Please close your book.

16. ເຊີນອັດປຶ້ມ

sə:n³ at⁷ pɯm⁵

Wait a moment.

조금씩 내딛는 발걸음

라오스의 시장. 하루를 성실하게 살아내는 사람들을 본다.
이들의 미소에서 가난이 아닌 건강함을 발견한다.

Educatio
acl E
The ultimate Eng

centre

h learning experience

# 청첩장을 돌려주는 결혼식

# ໄດ້ຮັບບັດເຊີນໄປງານແຕ່ງ

한국에서 내게 라오어를 가르쳐준 분미 선생님의 여자친구가 한국인이라는 건 이미 알고 있었다. 이들의 결혼 소식을 듣고 분미 선생님보다 선생님의 신부가 대단한 결심을 했다는 생각이 들었다.

'가난한 나라의 남자와 결혼하는 한국 여자라니, 무슨 마음으로 먼 이곳까지 왔을까? 혹시 분미 선생님, 엄청난 부자 아니야?'

순수한 마음으로 축하하지는 못할망정 나도 모르게 자본주의에 찌든 발상을 하고 있다. 아니면 한국 드라마를 너무 많이 본 걸까.

결혼식이 열리는 분미 선생님의 집에 도착하니 이른 시간인데도 온 동네 사람이 모인 것처럼 하객으로 가득 차 있었다. 라오스 사람들은 가능한 한 많은 사람을 결혼식에 초대한다는데 분위기만큼은 경건하고 진지하다. 그 경건함과 진지함은 청첩장을 받을 때부터 강하게 느낄 수 있다. 이곳의 청첩장은 한국에서처럼 날짜와 약도만 보고 버리는 종이가 아니다. 초대를 받은 사람은 청첩장을 소중하게 간직하고 있다가 청첩장 봉투에 축의금을 넣어 결혼식 당일 주인공들에게 직접 돌려줘야 한다. 한국에서 받았던 청첩장보다 종이 질도 좋지 않고 인쇄 상태도 나쁜 데다 디자인이 예쁜 것도 아니지만, 나에게 '잠시 맡겨진 것'이라는 생각이 드니 소중하게 여기지 않을 수 없다. 한국에선 결혼식에 갈 때마다 식권과 축의금을 교환(?)하는 기분이지만, 이곳에서는 자연스럽게 축의금에 진심을 담아 부부의 행복을 빌게 된다. 사실 한국에서는 인간관계 관리 차원에서 억지로 참석했던 결혼식이 없지 않은데, 여기에 모인 하객들은 모두 마치 자신의 파티인 것처럼 진심으로 즐기고 있다. 청첩장을 소중히 여기는 하객들이 모인 라오스의 결혼식은 부부와 하객 모두가 행복해 보이는데 라오스의 이런 결혼 문화가 하루아침에 생겨난 것 같진 않다.

"라오스 결혼식은 100년 전이랑 많이 다른가요?"

"제 생각에는 거의 그대로인 것 같아요. 하객들에게 따라주던 술이 곡주에서 위스키로 바뀐 정도? 맞다, 10년쯤 전에는 하객들이 축의금보다 곡물이나 가축을 축하 선물로 줬죠."

분미 선생님의 가족으로 보이는 사람이 활짝 웃으며 설명해주었다. 예식은 '바씨'로 시작됐다. 또 다른 이름으로 '수콴'이라고도 하는데, 영혼을 부른다는 의미다. 사랑의 완성을 위해서 라오스 사람들은 영혼의 도움을 필요로 한다. '머펀'이라고 부르는 무당의 집도 아래 진지하고 경건한 분위기에서 천천히 예식이 진행됐다. 신랑과 신부, 그리고 하객들이 바나나 잎과 꽃으로 치장된 '파콴'이란 나무를 둘러싸고 앉아 나무에 매달린 실들을 조심스럽게 잡았다. 32개의 기다란 실은 세상에 존재하는 32개의 영혼을 뜻하는데, 이 실을 통해 혼이 더욱 잘 깃들게 된다고 한다. 무당이 주문을 읊으니 마치 마법에 걸린 듯 결혼식장에 신비로운 분위기가 감돌았다. 나는 그동안 라오어가 조금이라도 늘었을까 하는 마음에 듣기 평가를 실시하는 태도로 집중해서 들었지만 한 마디도 알아 들을 수 없었다. 나중에 알고 보니 그것은 라오어가 아니라 신계의 언어라고 했다. 신계의 언어라고? 신기루 같은 묘한 형상들이 나타났다 사라지는 것만 같았다. 무당은 긴 주문을 끝내고 파콴에 매달려 있던 실을 하나 뽑아 신랑과 신부의 손목에 묶어줬다. 이것은 손을 묶는다는 뜻의 '막켄'으로, 바씨 의식의 마지막 순서라고 했다. 무당이 했던 것처럼 연장자들을 시작으로 하객들은 자신이 잡고 있던 실을 나무에서 뽑아 신랑과 신부의 손목에 묶는다. 하객들은 진지하면서 애틋한 눈빛으로 의식에 참여했다. 하객들이 신랑과 신부의 손목에 앞날의 행운과 건강, 간절한 염원을 묶어주었고, 그

조금씩 내딛는 발걸음

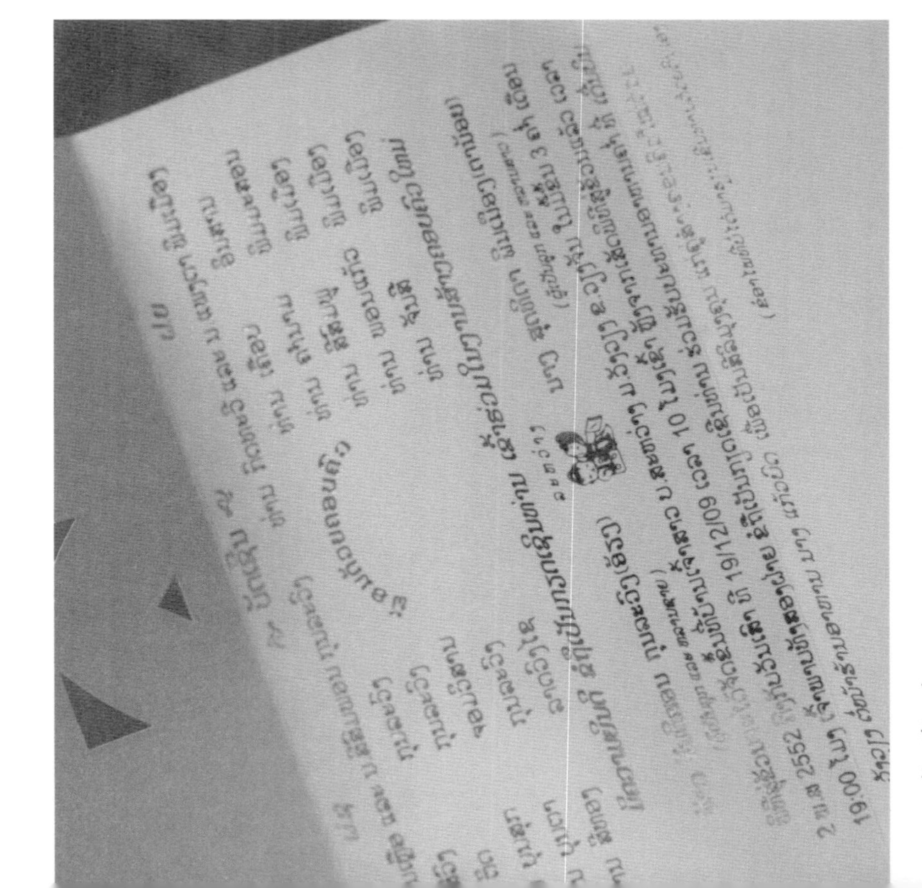

신랑과 신부에게 다시
돌려주기 위해 소중하게
간직해야 하는 청첩장.

렇게 부부는 하나가 되었다. 그리고 양가 어르신 한 분, 한 분에게서 덕담을 듣고 나서야 식사가 시작됐다. 하객들이 점심 식사를 하는데 신랑과 신부가 감사 인사를 하며 돌아다녔다.

"다오, 여기까지 와줘서 고마워요. 맛있게 먹고 저녁에 봐요."

"네? 저녁에요?"

라오스의 결혼식은 1, 2부로 나뉘는데, 1부는 형식이 갖추어진 예식으로 진행되고 2부는 저녁 식사와 함께 춤과 음악이 있는 피로연이라고 할 수 있다. 결혼식에도 국민성이 반영되는지, 정신 없이 후다닥 해치우듯 진행되는 한국의 결혼식과 다르게 이곳의 결혼식은 길고 느리게 진행된다. 시내에 위치한 라오문화센터에서 열린 2부는 마음껏 축하하고 함께 즐거워하느라 밤 10시가 넘어서도 끝나지 않을 것처럼 보였다. 함께 갔던 하객들에게 피곤해서 먼저 돌아가겠다고 말했다.

"내일 방비엥에 가려면 먼저 숙소로 돌아가야 할 거 같아요."

"다오, 피곤한가 보구나. 늦게 끝나지는 않을 거 같은데. 새벽 1시쯤이면 마무리 될 거야."

"새벽까지 잔치를 한다고요?"

"라오스에서 이 정도는 기본이야. 얼마 전에 갔던 몽족의 결혼식은 1박 2일간 치러졌어!"

두 사람의 앞날에 행복만이 가득하길.

# 나는 반냐를 가르쳐

# ຂ້ອຍສອນປັນຍາ

조금씩 내딛는 발걸음

본격적인 수업은 라오어 실력이 좀 더 쌓이면 시작하려고 했는데, 집에서 혼자 공부한다고 라오어가 늘 것 같지 않았다. 물론 훌륭한 선생님인 아룬 형이 있지만, 실제로 체육 수업을 진행하면서 학생들과 하루 빨리 친해지고 싶은 마음도 들었다. 우선 부딪혀보자는 심정으로 9월에 시작하는 가을학기부터 수업을 하겠다고 학교에 알렸다. 그리고 오늘이 바로 그 첫 수업이 있는 날이다. 내가 가르치는 체육 수업은 정규 수업을 마치고 이뤄지는 비정규 수업으로, 따로 출석 체크를 하지 않고 학생들이 의무적으로 참여해야 하는 것도 아니라 몇 명이나 올지 걱정 반, 기대 반으로 시작했다.

첫 번째 수업은 2학년 1반과 3반이었다. 운동장에 모여 있는 학생은 60여 명! 하지만 수업을 듣기 위해 온 아이는 10명이나 될까. 나머지는 모두 구경하려고 모인 아이들이다. 졸지에 공개수업이 되어버려 참관(?)하는 학생들의 시선이 부담스러웠는지 수업을 하다 말고 도망가는 아이도 있었다. 수업 시간은 더디게 흘러갔다. 아이들은 나의 라오어를 알아듣지 못했고, 나도 아이들의 라오어를 이해할 수 없었다. 90년 같은 90분이 지나고 어찌 됐든 수업은 무사히(?) 끝났다. 일단은 사고 없이 안전하게 끝난 것에 안도했다. 그때 7반의 노이라는 학생이 쪼르르 다가와 말했다.

"저 태어나서 체육 수업은 처음 받아봐요."

어설픈 라오어로 진행한 수업 한 번에 '태어나서'라는 거창한 표현을 붙여주니 웃음이 났다. '나도 태어나서 라오스 아이를 가르친 건 처음이야'라고 말하고 싶었지만 씩 웃는 것으로 대답을 대신했다. 수업을 끝내고 수업용품들을 정리하러 교무실에 갔는데 충격적이게도 남자 선생님들이 둥그렇게 모여 앉아 퇴근할 생각은 안 하고 술판(?)을 벌이고 있었다. 자연스럽게 술을 마시고 있는 것을 보니 한두 번 해본 솜씨가 아니었다. 얼음 덩어리가 들어 있는 봉지에 흥건한 물을 보니 몇 시간 전부터 마신 것 같았다. 혀를 차며 교무실을 나오려는데 꽁마니 교감 선생님이 날씨가 더울 땐 '비어라오'가 최고라며 첫 수업 축하주를 마시라고 날 부른다. 갈증도 나고 한 잔만 하고 집에 가서 씻어야겠다는 생각에 구석에 앉았다. 첫 회식의 분위기가 화기애애해서 자연스레 한 잔이 두 잔, 두 잔이 세 잔 되면서 어느새 나도 지갑에서 지폐를 꺼내 들었다. 수업을 향한 기대와 의욕이 넘친 나머지, 체육용품을 사느라 생활비가 많이 남지 않았는데 비어라오를 사느라 10만 킵이 쑥 빠져나갔다. 그렇게 내가 산 맥주마저 다 떨어지자 선생님들은 십시일반으로 돈을 모아 맥주 몇 병을 더 사러 갔고 교무실에 나와 산티 선생만 남겨졌다. 역사를 가르치는 산티 선생은 말수가 적은 데다 셔츠에 라오인민공화국 배지를 착용하고 있어 쉽게 다가갈 수 있는 인상은 아니다. 무거운 정치 얘기라면 그의 입을 떼게 할 수 있을 것 같았다.

"혹시 체게바라 아세요?"

"응, 알지."

"잘생긴 사람이죠?"

"위대한 사람이죠"라고 말하고 싶었는데, '위대한'이란 라오어를 몰라서 막 가져다붙였다. 어쩌면 동성애자로 오인받을 수 있는 말이었다. 갑자기 대화가 툭 끊기고 이럴 수도 저럴 수도 없는 애매한 분위기가 됐다. 침묵을 깨고 질문을 던진 것은 산티 선생이었다.

"다오 선생, 여기에 뭘 가르치러 온 거야?"

"체육을 가르치려고 왔죠."

"아니, 그런 거 말고. 무엇을 가르치러 왔어?"

"그럼 선생님께선 무엇을 가르치세요?"

산티 선생은 반짝이는 눈빛으로 대답했다.

"반냐를 가르쳐. 이 세상은 반냐 없이는 살아가기 힘드니까."

산티 선생이 가르치는 역사가 라오스어로 '반냐'인가? 교무실에서의 술자리가 마무리되고 집에 돌아와 사전을 찾아보니 반냐는 '지혜'라는 뜻이었다.

얼마 전 분미 선생님 결혼식 때 비엔티안에 가서 체육 수업에 필요한 물품을 산다고 제법 큰 돈을 썼다. 배구공, 축구공, 배드민턴 세트 등등. 코이카 사무소에 신청하면 충분히 지원받을 수 있는 것들인데, 방비엥중학교의 첫 체육 선생으로 이 정도 투자는 직접 해야 된다는 생각으로 호기롭게 돈을 썼다. 어쩌면 내심 라오스보다 선진국가에서 왔다는 거만한 마음을 품고 있었던 건 아닐까. 나도 모르게 은근히 라오스를 무시하는 마음이 없지 않았던 것 같다. 라오스는 경제적으로는 발달하지 못했지만, 이곳에는 내가 미처 알지 못하는 깊은 사유를 가진 사람들이 살고 있었다. 내일부터는 이 나라, 라오스에서 반냐를 배우는 마음으로 학생들을 만나야겠다. 첫 수업과 첫 회식의 소득치고는 엄청난 것을 얻었다.

JOBS

# 은사자의 전설

# ຕຳນານສິງໂຕ
# ເງິນໃນຕຳງານ

며칠 전 밤늦게 시내의 구시장 골목을 지나가는 길이었다. 화려한 옷을 입고 외국인들과 뒤엉켜 지나가는 아룬 형을 보았다. 마사지 가게가 아닌 곳에서 만난 것은 처음이라 반가운 마음에 멀리서 소리쳐 불러보았지만 술에 취해 못 들었는지 그냥 다리를 건너가버렸다. 그런데 언뜻 본 것이지만 화장을 한 것 같았다. 마사지 가게를 지나다 동료 펀에게 물어보니 형은 외국인 친구를 만나러 외출했다고 했다.

"오늘 아룬 형이 평소와는 달라 보이던데요?"

"어, 오랜만에 이상형을 만났대."

"오, 그래요? 어느 나라 여자예요? 많이 예뻐요?"

"무슨 소리야? 호주 남자야. 잘생기고 힘 좋아 보이던데."

내 라오어가 서툴러서 잘못 이해한 건 아닐까, '푸싸이(남자)'가 맞냐고 되물었다. 펀은 당연한 걸 왜 자꾸 묻냐는 표정이다. 혼란스럽고 당황스러웠다. 실력 좋고 친절한 마사지사, 인내심을 갖고 나를 지도해주는 라오어 선생님, 아는 사람 하나 없는 이곳에서 함께 비어라오를 마시며 웃을 수 있는 친구. 하지만 혼란에 빠진 나는 다른 사람들에 비해 유난히 돋보이는 아룬 형의 호리호리하고 작은 체구, 남들보다 곱상한 외모, 화려한 옷과 짙은 눈 화장이 떠올랐다. 어쩌면 선한 미소로 친절을 베풀어준 그가 사실은 나를 그냥 친구로 대한 게 아닐지도 모른다는 생각까지 들면서 형을 향한 배신감까지 생겼다.

그동안 거의 매일같이 라오어를 배우러 아룬 형을 만나러 마사지 가게에 들렀는데, 며칠 동안 가게 근처에도 가지 않았다. 그리고 오늘, 수업이 끝나고 자전거를 타고 가는데 뒤에서 누군가 내 이름을 부르는 소리가 들렸다. 반사적으로 고개를 돌릴 뻔했지만, 아룬 형의 다정다감한 목소리임을 알아차리고 못 들은 척 뒤도 안 돌아보고 페달을 더 세게 밟았다. 펀에게 무슨 이야길 들은 걸까, 일부러 형을 피하는 이유를 추측해본 걸까, 저녁에 아룬 형이 직접 집에 찾아왔다.

"그동안 많이 바빴나 봐?"

"네, 조금 바빴어요."

"내가 게이라는 걸 일부로 숨기거나, 다오를 속이려던 건 아닌데 많이 놀랐다면 미안해."

"……."

"다오, 여태껏 살아오면서 동성애자를 본 적 있어?"

"네, TV에서."

"TV 말고는?"

"TV 말고는 없어요."

"다오……."

형은 느리게, 그리고 평소보다 많은 말을 하면서 '도이방언'이라는 단어를 자주 썼다. 사전을 찾아보니 '우연히'란 뜻이었다. 그러니까 형의 말을 정리해보면 나는 우연히 한국에서 태어났고 형은 우연히 라오스에서 태어났다는 이야기였다.

"다오는 우연히 이성애자로 태어났고, 나는 우연히 동성애자로 태어난 거야. 우리가 한국인이 되거나 라오스인이 되거나, 이성애자가 되거나 동성애자가 되는 건 스스로 결정할 수 있는 문제가 아니야. 그건 선택하고 싶어도 선택할 수 없고, 바꾸고 싶다고 바꿀 수 있는 것이 아니란 말이지. 그걸 우리는 영어로 아이덴티티 *Identity* 정체성라고 하잖아. 내가 하고 싶은 말은 이거였어. 연락도 안 하고 찾아와서 미안해."

형은 그렇게 사과를 하고 떠나갔다.

에쿠니 가오리의 소설『반짝반짝 빛나는』에 은사자의 전설이 나온다. 몇십 년에 한 번, 온 세계 여기저기서 동시다발적으로 태어난다는 은사자들. 극단적으로 색소세포가 적어 온몸이 흰색인 사자인데, 무리에 섞이지 못하고 따돌림을 당하다 결국 무리를 떠나 어디선가 자기들만의 공동체를 만들어 생활한다. 하지만 은사자는 초식성에 생명력도 약해 추위나 더위를 견디지 못하고 금방 죽어버린다. 또 다른 책『세계가 백 명의 마을이라면』에서는 전 세계 사람을 백 명으로 축소하면 열 명이 동성애자 또는 양성애자라고 한다. 하지만 나는 한국에서 30년 가까이 살면서 동성애자를 한 명도 만나지 못했다. 우리나라의 동성애자들은 전설 속의 은사자처럼 자신을 드러내지 않고 살고 있기 때문은 아닐까?
아룬 형의 말을 곱씹으면서 내가 가지고 있던 편견에 대해 생각해봤다. 아룬 형을 배신의 눈빛으로 대했던 나 같은 사람들이 은사자를 무리에서 떠나게 만들었는지도 모른다. 아직도 조금은 혼란스럽지만 형에게 비어라오 한잔하자고 먼저 찾아가봐야겠다. 라오스에 와서 처음으로 만난 친절한 내 친구를 은사자로 만들어버릴 수는 없으니까.

은사자가 될뻔한, 내 친구. 따뜻하고 고마운 사람.

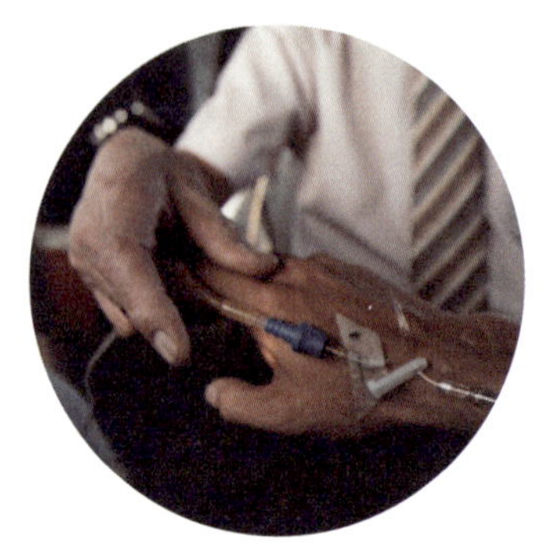

# 헬기를 타고<br>태국으로<br>긴급후송 되다!

ຂີ່ຍົນໄປໄທໂດຍດ່ວນ

라오스의 보건위생 분야는 최악이라 가이드북『론리 플래닛』에는 라오스에 있는 병원에 가느니 차라리 태국에 가라고 나와 있다. 건강에는 자신이 있었지만, 그래도 혹시 혼자 타지에서 아프면 고생일 테니 방심하지 말자고 스스로를 격려해왔다. 그런데 배에서 이상한 신호가 왔다. 오늘 저녁에 뭐 먹었더라? 복통이 쉽게 사라지지 않는다. 시간이 지날수록 이유를 알 수 없는 복통이 심해져 허리를 펼 수 없을 만큼 고통스럽다. 그나마 가장 가까운 곳에서 활동하는 봉사자 우성이에게 SOS를 요청했다. 늦은 시간에 그가 어떻게 여기까지 올까 하는 걱정보다는 그저 빨리 집에 와주기만을 바랐다. 새벽 2시, 우성이는 약을 가지고 긴급 출동했다. 약을 먹으면 조금 가라앉을까 싶었는데, 새벽 3시가 넘어갈 무렵 통증은 도저히 참을 수 없을 정도가 되었다. 결국 SOS 인터내셔널에 전화를 했다. 내 증상을 들은 의사는 다시 연락할 때까지 기다리라고 한다. 한국에서는 물론이고 네팔이나 페루, 다른 나라를 오랫동안 여행하면서도 아파본 적 없는데 혹시 깨끗하지 않은 물을 잘못 마셨나, 상한 음식을 먹었던 걸까, 식중독인가, 어머니가 옆에 계시면 좋겠다 등등. 짧은 시간에 온갖 생각이 들었다. 의

사의 연락을 기다리는 몇 분이 몇 시간같이 느껴졌다. 드디어 전화가 왔다.

"맹장염인 것 같네요. 라오스에는 맹장수술을 할 만한 병원이 없어서 태국에 있는 병원으로 이동해야 돼요. 방비엥이라고 했죠? 지금 비엔티안까지 내려올 수 있어요?"

비엔티안까지는 150킬로미터. 경부고속도로라면 한 시간이면 가능한 거리지만 최근에 탄 로컬버스는 소와의 충돌사고로 여섯 시간이나 걸렸었다. 도저히 비엔티안까지 갈 수 없을 것 같다고 말하니 아침에 헬기를 보내면 타고 오란다. 나중에 알았지만 미군이 베트남 전쟁 때 유사시에 대비해 만든 구비행장은 거물급 인사가 아닌 이상 사용하지 않는다고 한다. 아침이 되고 비행장에 헬기가 착륙하자 근처에 사는 동네 주민들이 불구경이라도 난 듯 몰려들기 시작했다. 한 걸음 한 걸음 헬기로 다가가는데 학생들이 아픈 내 사정도 모르고 신나게 내 이름을 외친다.

"선생님, 다오 선생님! 어디 가요?"

"병원. 아니, 호텔."

내가 왜 그랬는지, 아직 몇 번 수업을 하지 않아 방비엥중학교 학생들에게 잘 보이고 싶었는지 이 상황에서 이미지 관리를 했다. 배를 움켜쥐고 있으면서도 헬기를 타고 호텔에 간다고 말해버린 것이다. 평범한 한국 총각의 이미지는 어디론가 사라지고 모두들 월드스타 박지성 대하듯 열렬히 환호했다. 마침 옷도 맨유의 빨간 유니폼을 입고 있었다. 물론 내가 아니라 헬기를 향한 환호성이었지만. 수백 명의 배웅을 받으며 헬기는 이륙했고 내 발 아래에는 방비엥 카르스트 지형이 펼쳐졌다. 표정 관리고 뭐고 나는 통증 때문에 잔뜩 찡그리고 있으면서도 그 장관에 입을 다물지 못하고 감탄사를 연발했다. 그렇게 비엔티안을 거쳐 방콕으로 갔다.

• • •

"가지 말라고 한 해외봉사는 왜 나가서 이게 무슨 꼴이니? 이렇게 엄마 걱정시키면 맘 편해?"

수술을 받았다고 아직 연락도 못 했는데 어떻게 아셨는지 괘씸한 아들이 누워 있는 방콕 국제병원까지 바다 건너 날아오신 어머니께서 호통을 치셨다. 평소보다 더 크게 호통을 치신다. 그런데 어머니가 갑자기 내 손을 꼭 잡고 태국어를 하시는 게 아닌가. 잠에서 깨어보니 까무잡잡한 피부의 수간호사가 내 손에 매달린 링거를 다시 고정하고 있었다. 수술은 잘되었다고 라오스에서 헬기를 함께 타고 온 닥터 씽이 일러주며 3일 정도 있다가 퇴원을 하란다. 3일이 지나고 나서야 퇴원을 했다. 하지만 태국에서 며칠간 쉬면서 몸 상태가 완전히 회복돼야 라오스로 돌아갈 수 있단다.

꿈에 어머니가 나왔기 때문일까? 집이, 서울이, 한국이 그립다. 싱숭생숭한 기분으로 태국 시내에 나가보았다. 라오스에서는 구경도 할 수 없던 맥도날드 간판을 보니 갑자기 햄버거가 먹고 싶다. 몸이 조금 나아지니 식욕이 더욱 왕성해지는 것 같다. 태국의 백화점에는 한국에서만 볼 수 있던 대형 서점도 있었다. 즐겨보는 잡지와 사진집이 눈에 띄었다. 그중에 태국 작가가 찍은 라오스 사진집을 펼쳤다. 페이지를 한 장 한 장 넘기는데, 익숙한 미소들이 스쳐 지나갔다. 내 어설픈 라오어에 웃는 시장 아주머니들의 수다, 아룬 형의 친근한 목소리가 들리는 것 같다.

나는 한국이 아니라 라오스를 그리워하는 게 아닐까. 완쾌된 것은 아니었지만 SOS 인터내셔널에 전화해 가능한 한 빨리 라오스로 돌아가게 해달라고 말했다.

대형 서점과 프랜차이즈 상점. 쇼 윈도에 걸린 화려한 옷.
그리고 분주한 사람들의 빠른 발걸음.

조금씩 내딛는 발걸음

D&D
INN
Pick-Thai
Restaurant
Swimming Pool
Thai Massage
Shopping Plaza

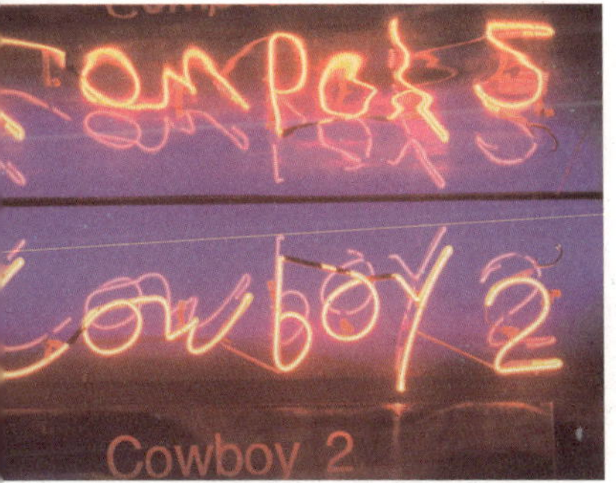
Cowboy 2
Cowboy 2

방비엥에 돌아오니 누런 먼지가 나를 반겼다. 아스팔트로 포장된 길보다 흙길이 많은 라오스는 차나 오토바이가 지나가는 곳 어디나 누런 모래 폭풍이 일어난다. 오랜만에 툭툭이와 오토바이가 뿜어내는 매연과 흙먼지를 보니 불쾌하기보다 안도감이 찾아든다. 일주일 정도 푹 쉰 후 떨어진 체력을 회복시킬 겸 산책을 나갔다. 방비엥 시내에서 눈이 마주치는 사람은 100이면 100 나를 멈춰 세우곤 말을 걸었다. 외국인 1명 때문에 헬기가 떴다는 사실을 모르는 사람이 없는 것 같았다.

"수술한 곳 괜찮아요?"

"태국 병원은 어떻게 생겼어요?"

"지금은 배 안 아파요?"

"다오가 건강하게 돌아와서 기뻐요."

방비엥 시내뿐 아니라 어제 갔던 사왕 마을에서도 사람들이 나를 불러 세웠다. 방비엥중학교 학생의 부모도 아니고, 처음 본 사람들까지 몸 상태를 물어오는 탓에 귀찮을 정도였다. 처음엔 내가 외국인이라 그런가 싶었는데 처음 가본 푸딘댕 마을 사람들도 건강하게 돌아온 나를 반겨주는 걸 보니 이건 지나친 관심이 아닌, '한 인간'에 대한 극진한 걱정인 것 같다.

이 착하디착한 사람들.

건기로 접어든
라오스는 비가 오지
않아 초록빛이 점점
엷어져가는데,

푸르고 싱싱한
라오스 사람들의
마음은 더욱 선명하게
보이는 것만 같다.

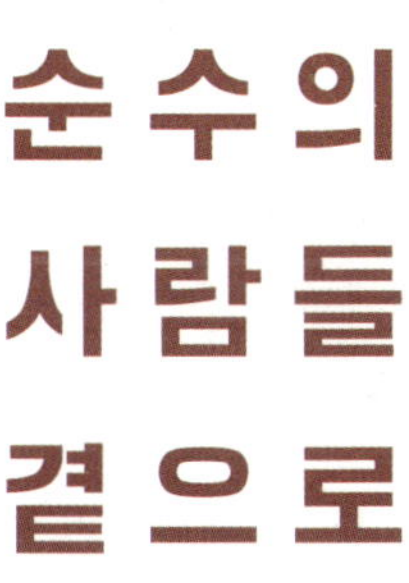


# 2

허물어져 가는 학교에서 공부하던 카무족 아이들, 초등학교만 졸업하고 총을 들고 사냥에 나선 깜빤, 양귀비를 기르고 아편을 피우는 몽족까지. 떠나지 않았다면 몰랐을 라오스의 모습을 만나다.

DISCO

EGR

# 너희,
# 라오스 사람 맞아?

# ເຂົາເຈົ້າເປັນຄົນລາວບໍ່?

맹장수술을 받은 이후 요양한답시고 방에만 있었더니 좀이 쑤셨다. 긴 휴식을 취하는 동안 라오어를 까먹은 건 아닌지 불안함이 생겨 조급한 마음으로 학교에 일찍 나갔다. 운동장 구석에 앉아 고무줄 놀이나 축구를 하는 아이들을 보고 있는데, 한 무리의 아이가 내 옆에 와 앉는다. 못 본 새 녀석들의 피부가 많이 까무잡잡해진 것 같다.

"얘들아, 오랜만이다. 오늘 되게 덥지?"

"다오 선생님, 한국도 더워요?"

"아니, 한국은 지금 추워. 아마 눈이 내릴걸?"

모두들 놀라는 눈치다. 자기들끼리 뭐라 숙덕이는데 말을 알아들을 수가 없다. 한국에 내린다는 눈이 무엇인지 궁금하다고 이야기하는 걸까. 평소에 라오스 사람들끼리 대화하는 걸 들으면 30% 정도 이해할까 말까 한데, 이 아이들은 심한 사투리라도 쓰는지 한마디도 알아들을 수 없다. 혹시라도 알아들을 수 있는 단어가 있을까 싶어 일부러 아이들의 입 모양에 집중하는데 유난히 검은 피부가 눈에 들어온다. 교복인 흰색 셔츠도 다른 아이들에 비해 깨끗한 것 같지 않다. 아무리 귀를 기울여도 라오스 말을 하는 건 맞는지,

억양이 독특하다. 한두 명이 아니라 이 아이들 모두가 그렇다. 궁금함을 못 이기고 질문이 튀어나왔다.

"너희들, 라오스 사람 맞아?"

"아뇨."

"그럼 너희 라오스 사람이 아니면 뭐야?"

"카무요."

"카무? 카무가 뭐야?"

'무'는 라오어로 돼지라는 뜻인데, '카무'는 뭐지? 많이 들어본 단어인데 뜻이 기억나지 않는다.

"그럼 너흰 돼지들?"

아이들은 대답하지 않고 박장대소한다. 점심 시간이 끝났음을 알리는 종 소리가 들리고 이어서 수업 예비종이 울린다. 내 앞에서 웃던 피부가 까만 아이들이 순식간에 흩어져 후다닥 교실로 뛰어 들어간다. 수업에 들어가면 학생들에게 '카무'가 무슨 뜻인지 물어봐야겠다는 생각이 들었다.

오랜만의 수업이라 몰려오는 학생들을 보니 눈시울이 시큰할 정도로 반갑다. 그중에서 라오어를 잘 가르쳐주는 활달한 성격의 아이들을 찾아봤다. 다행히 내가 라오어를 잘못 말할 때마다 지적하면서 똑 소리 나게 가르쳐주는 뚜이가 있다.

"뚜이, 카무가 뭐야?"

"아, 그건 쏜파오 너이예요."

"쏜파오 너이? 라오어로 적어줄래?"

모르는 단어가 하루에도 수십 개씩 쏟아지기 때문에 항상 들고 다니는 내 수첩에 뚜이가 친절하게도 또박또박 단어를 써준다. 수업이 끝나고 선생님들에게 물어보려고 교무실에 가니, 종종 라오어를 가르쳐주는 산티 선생님마저 오늘은 '칼퇴'.

집에 돌아와 사전을 뒤적였다. '쏜파오 너이'는 소수민족, '카무'는 언덕에 사는 민족이라고 나와 있다.

아까 그 아이들은 카무족이었다. 라오스에는 다양한 소수민족이 살고 있으며 크게는 라오족, 몽족, 카무족으로 이루어져 있다는 건 진작부터 알고 있었다. 그 사실을 아이들과 대화할 때는 왜 생각해내지 못했던 걸까. 지금까지 소수민족은 당연히 라오스 산간 지역이나 시골 마을 어딘가에 살고 있을 것이라고만 생각했다. 라오스에 온 지 벌써 6개월. 바로 내가 눈 뜬 장님이었다. 한국에서 들고 온 라오스에 대한 책을 뒤적였더니 라오스에는 총 68개 종족이 있다고 한다. 그리고 다양한 소수민족으로 구성된 나라들의 역사가 대부분 그렇듯, 라오스 역시 55%의 라오족이 나머지 45%의 소수민족을 지배해왔다. 몽족과 카무족이 라오족과 같은 학교에서 수업을 받으면서 라오어를 배우고 사용할 수 있게 된 지도 오래되지 않았다고 한다. 그동안 앞에 나서서 활발한 태도로 수업을 받던 애들은 모두 라오족이었을까? 내 수업에서 소수민족 아이들이 은근히 소외되어 있었던 건 아닐까? 서양인들이 한국인, 중국인, 일본인을 딱히 구분하지 못하듯 그동안 나도 비슷해 보이는 아이들의 얼굴 외우는 것도 쉽지 않았던 터라, 어떤 민족인지까지는 주의 깊게 생각했던 적이 없었다.

• • •

나와 친한 아이들이 가장 많은 2학년 3반 학생들을 표본 삼아 반장 마이와 함께 출석부를 보면서 나름의 소수민족 통계 조사를 실시했다. 3반 46명의 학생 중 몽족은 11명, 카무족은 7명, 타이담

카메라를 들이밀면 수줍게,
하지만 활짝 웃어주는 아이들.

족은 2명. 그러니까 46명 중에 20명이 소수민족이었다. 책에 나와 있는 45%라는 수치에 가깝다. 똑같은 줄로만 알았던 아이들의 얼굴을 떠올려보니 차이가 보이기 시작한다. 까만 피부, 조금 더 까만 피부, 속눈썹이 긴 동그란 눈, 얇고 쌍꺼풀이 없는 눈, 두툼한 코와 작은 코, 조금씩 다른 얼굴 골격. 민족마다 이렇게나 다르게 생겼구나. 라오스에 온 지 7개월, 이제야 라오스의 외피가 한 겹 벗겨져 새로운 살을 드러내고 있다.

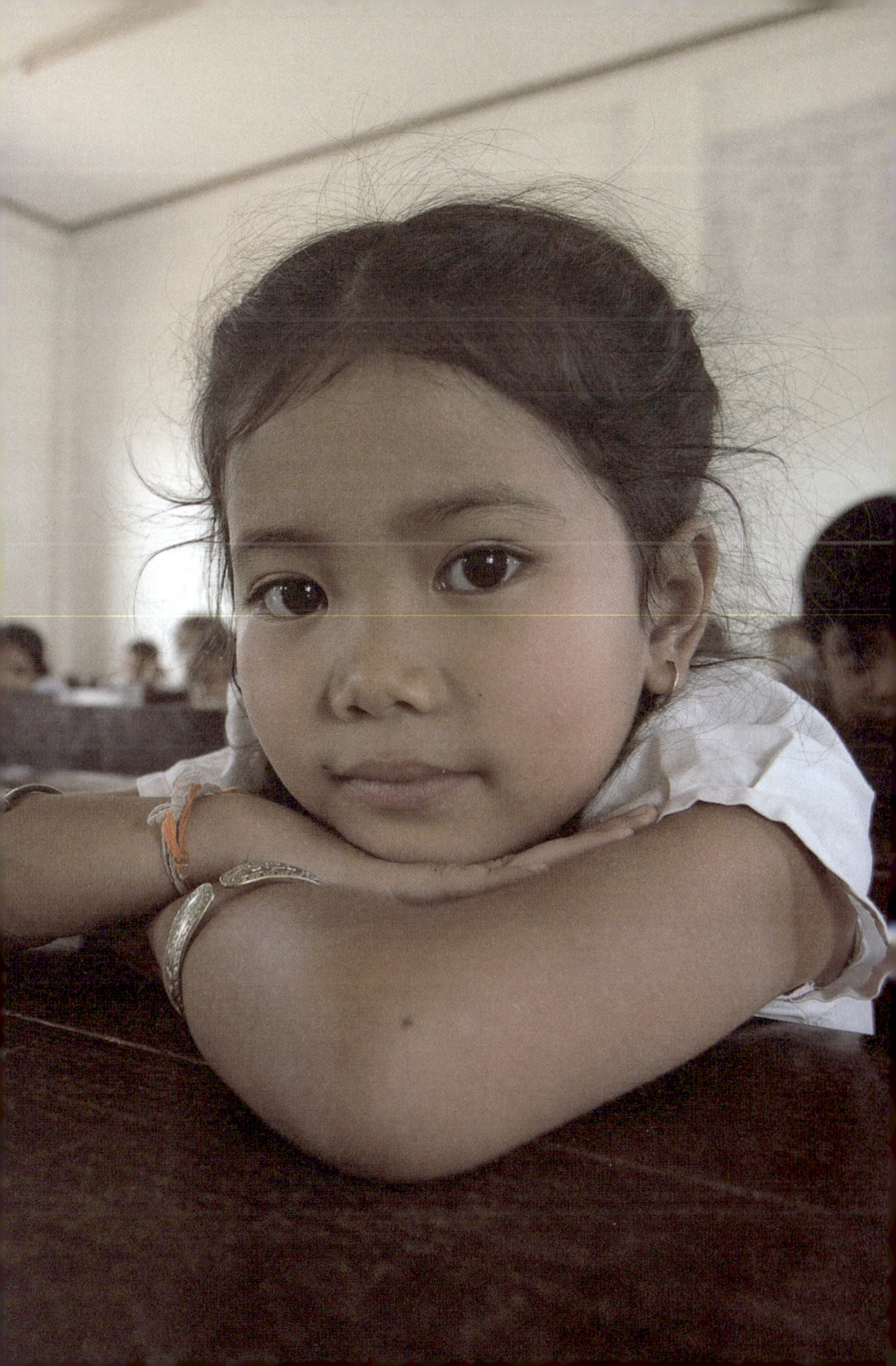

# 방비엥중학교 전교생 이름 외우기!

ທ່ອງຈຳຊື່

내 수업의 단골 학생은 대략 2, 30명. 처음에는 발음하기도 힘들던 이름이 이제는 한국어처럼 입에 착착 감기고 비슷하게 보이던 얼굴도 또렷하게 구분된다. 그런데 아이들은 아직도 이름을 부르면 부끄러워 어쩔 줄 몰라한다. 수줍어하며 봄 꽃처럼 활짝 웃는 모습이 정말 예쁘다. 교복을 입고 몰려다니는 모습이 가끔은 무섭게(!) 느껴지거나, 학교와 학원에 찌들어 표정도 없는 한국의 십대들과는 전혀 다른 느낌이다. 날 보면서 수줍게 웃는 그 눈동자와 미소가 고맙기까지 하다.

소수민족에게 관심이 생겨서인지, 수업에 참여하지 않는 다른 학생들에게도 눈길이 가며 뭐라도 챙겨주거나 괜히 친한 척하고 싶다. 사탕 하나 주면서 아이들의 마음을 사는 것보다 이름을 부르며 반갑게 인사하고 싶다. 생소한 이름은 여전히 꼬불꼬불한 그림같이 라오어로 보여 체육 수업에 참여하지 않는 아이들의 이름을 어떻게 외워야 할지 막막하다. 따로 애들 사진을 찍어서 사진첩이라도 만들어 들고 다니면 외우기 좋을 것 같은데, 무턱대고 카메라를 들이댈 수는 없고. 이왕 하는 거 일을 좀 더 크게 벌여볼까. 전교생 사진 찍기라든가.

고민 끝에 일단 교장실을 찾아갔다. 큰 일을 벌일 거면, 교장 선생님 허락을 받아야 하는데 고지식한 라오스 당원인 선생님이 어떻게 생각하시려나.

“교장 선생님, 제가 라오어가 익숙하지 않아 아직도 가끔 아이들 이름이 헷갈리네요. 사진이 있는 출석부를 만들면 어떨까요? 사진은 제가 모두 찍겠습니다!”

생각보다 쉽게 허락을 받았다. 내친김에 교직원 회의 때도 이야길 꺼냈다. 차근차근 말을 하면서 선생님들의 반응을 살펴보니 모두 좋은 의도로 받아들여 주는 것 같다. 종종 내가 사진을 찍는 모습을 봤던 선생님들은 은근히 기대하는 눈치다. 평소에 카메라만 들이대면 부끄러워하던 아이들도 이번 촬영은 피해갈 수 없겠지. 가끔 ‘몰카’를 찍는 심정으로 사진을 찍을 때면 무례한 여행객처럼 행동한 것 같아서 마음에 걸렸는데, 이번 기회에 아이들 사진을 마음껏 찍고 기념으로 단체사진도 남겨야겠다. 다 찍으면 출석부에 사용하는 것 말고도 아이들에게 한 장씩 선물해야겠지. 라오족, 몽족, 카무족 가릴 것 없이 모든 아이의 이름을 알고 부를 수 있게 되면 조금 더 끈끈하고 특별한 관계가 시작될 것만 같아 괜히 설렌다.

질서 있는 촬영을 위해서 각 반 담임선생님의 수업이 있는 시간에 들어가 반장의 도움을 받아 번호대로 사진을 찍기로 했다. 본격적으로 사진 촬영을 시작하니 이삼 주 만에 거의 모든 반 아이들의 사진을 찍을 수 있었다. 포토샵으로 반마다 남학생, 여학생, 담임선생님의 사진을 큰 인화지에 담고 반장들에게 인화지 여백에 학생들 이름을 써달라고 부탁했다. 혹시 필기체로 써놓은 이름이 있으면 다시 정자로 바르게 써달라고 부탁하기 위해 훑어보면서 아이들의 사진을 찬찬히 살피니 모두 사랑스럽게 나왔다.

미.
실라펀.
캄라.
쌩달라.
녹.
익숙하지 않은 아이들의 이름을 한 명씩 불러본다.
내일부턴 더 반갑게 인사할 수 있을 것 같다.

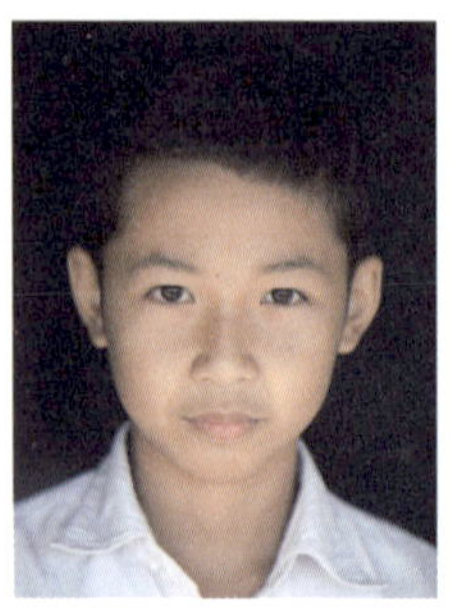

ໂອເຄ

ພອນລັດດາ

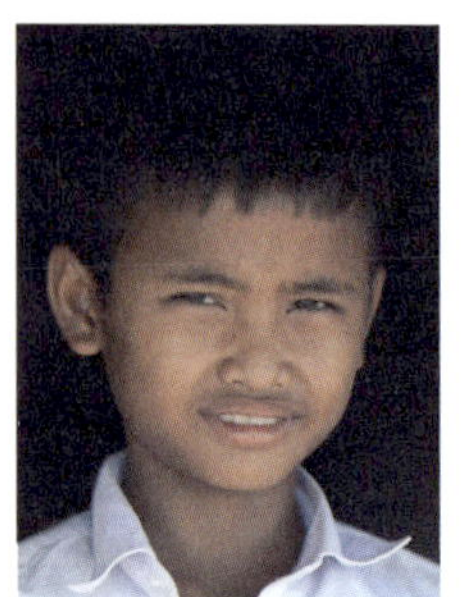

ກອ໊ບ

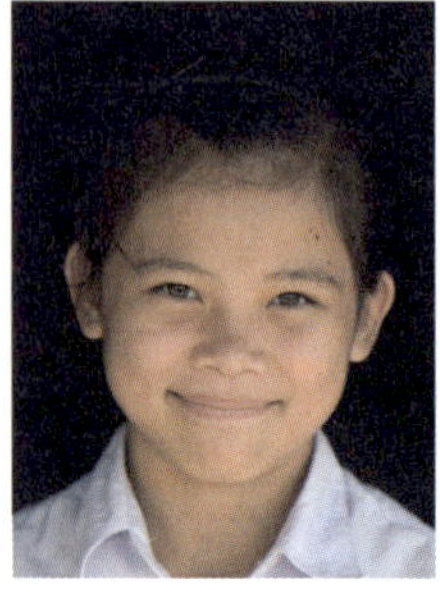

ເບັນຢ່າ

ເຈົ່າເຣົ້

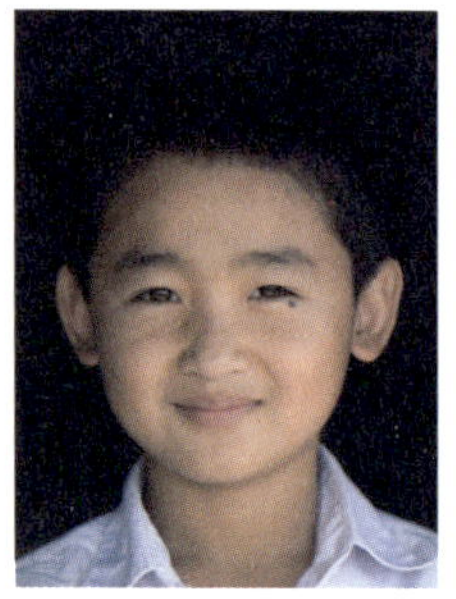

ສຸລັບໄຊ

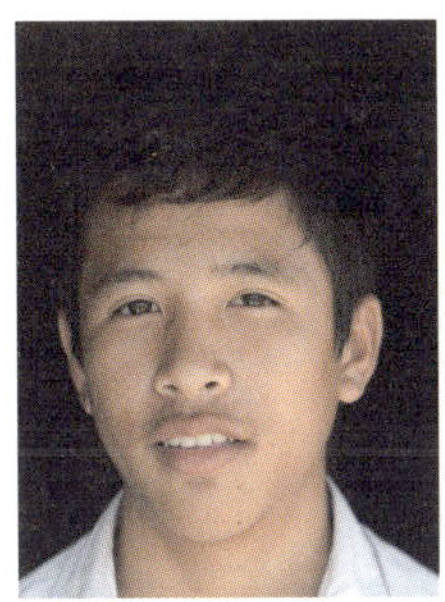

ພອນສະໄໝ

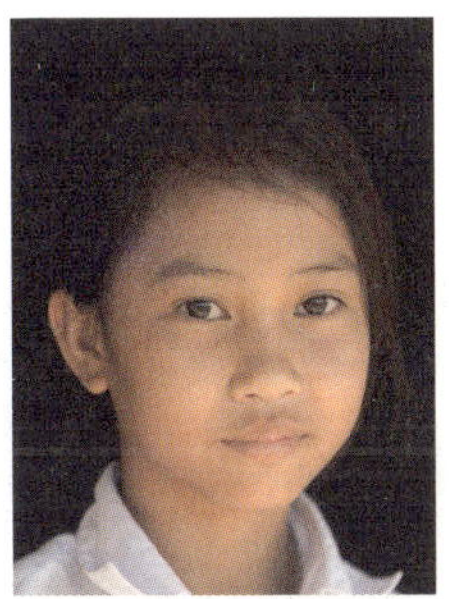

ແມ່ນມີ

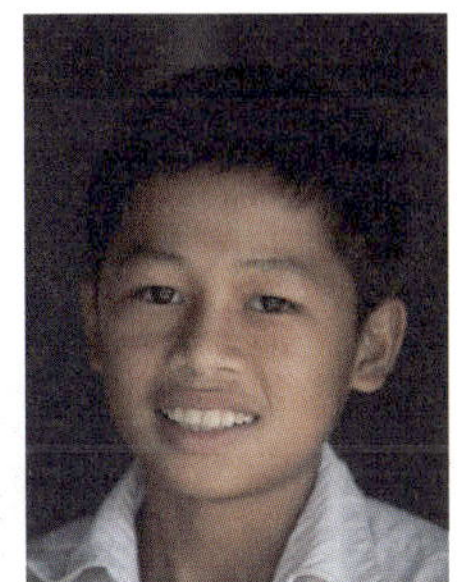

ຮຸ້ງ

ຄາຫມອ້ຍ

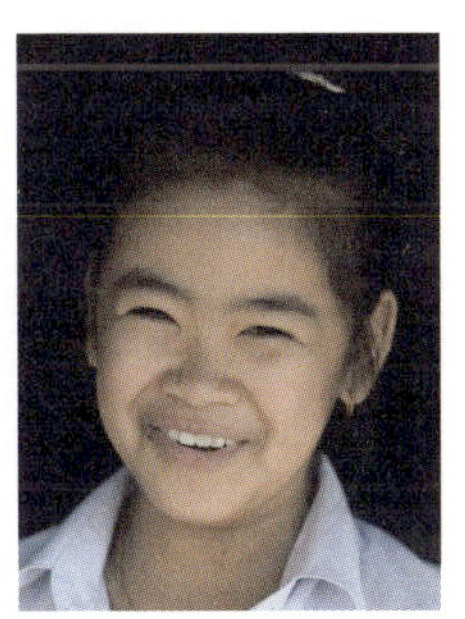

ສອນທະລາ

꼬불꼬불한 그림처럼 보이던 이름이
아이들의 사진과 함께 보니 친근한 이름으로 다가 온다.

# 학생들의 불만

# ຄວາມບໍ່ພໍໃຈ
# ຂອງພວກນັກຮຽນ

방비엥중학교에 온 지 얼마 되지 않았을 때, 아이들에게 반냐를 가르친다는 산티 선생님과의 대화 이후 나는 이곳 라오스에서 아이들에게 무얼 가르쳐야 하는 걸까 계속 고민했다. 말을 조리 있게 하는 산티 선생님처럼 '인생에 필요한 지혜'는 가르치기 힘들겠지만, 아이들이 건강한 신체와 건강한 정신을 가지면 좋겠다는 바람은 있다. 건강한 신체에 건강한 정신이 깃든다는 말은 체육 교사가 할 수 있는 뻔한 말이긴 한데, 의외로 건강한 정신을 갖기란 쉽지 않다. 나의 십대 시절만 떠올려봐도 그렇다. 사춘기를 호되게 겪었던 것인지 어른들의 말이라면 일단 귀를 막고 반항부터 했다. 하고 싶은 것보다는 하기 싫은 게 많던 때였다. 이곳의 아이들이 그때의 나보다는 훨씬 더 건강한 마음을 가진 사람이 되길 바라는 마음으로 수업 지도안을 훑어본다.

그런데 바깥을 보니 아무리 건강한 신체를 갖기 위해서라지만 나가 뛰어다니기엔 30도를 훌쩍 넘는 날씨가 너무 더워 보인다. 운동장은 5분도 제대로 수업을 할 수 없을 만큼 달궈져 있겠지. 선크림은 운동장에 들어선 지 몇 분 지나지 않아 우유처럼 흘러내릴 것이다. 비라도 한바탕 쏟아지면 좋겠는데 지금은 먼지만 풀풀 날리

는 라오스의 건기. 보아하니 수업 대신 게임을 하게 될 것 같아 준비물을 챙긴다. 최근에는 건기가 끝나가면서 점점 더워져 정상수업 대신 게임 활동을 자주했는데, 한국 애들과 마찬가지로 라오스에서도 수업을 안 한다고 말하면 아이들은 그저 좋아한다. 체육 수업이 처음인 이곳 아이들도 중학생이다 보니 너무 뻔하게 승부가 나는 게임은 지루해하는 티가 역력하다. 게임 준비라고 대충할 수는 없다. 배드민턴, 배구 등의 스포츠를 조합해 게임을 만들어 미리 다양한 규칙을 마련하고 상품을 준비해야 한다.

어차피 흘러내릴 선크림을 바르면서 무슨 상품을 줘야 할까 고민하는데, 지난주 수업이 끝나고 찾아왔던 두 명의 여학생이 떠올랐다. 나에게 말 한마디 걸려면 머뭇거리며 몸을 꼬는 다른 아이들과 달리 따지듯 말했다.

"선생님은 왜 항상 1등한테만 상을 주세요? 1등보다 더 열심히 한 학생들이 있다는 거 모르세요?"

화가 난 표정을 한 폰사완의 기습적인 질문에 말문이 막혔다. 나는 일단 사과를 하고 아이들의 마음을 달래주기 위해 같이 라오스식 볶음라면인 '땀미'를 먹으러 가자고 했으나 아이들은 토라진 표정으로 홱 돌아섰다. 난 나름대로 아이들에게 의욕을 불어넣으려던 것인데, 은연중에 학생들의 우열을 가르고 편을 갈랐던 것 같아 아차 싶었다.
폰사완의 표정을 떠올리며 이 더운 날씨에 함께 뛰면서 수업에 참여한 아이들에게 오늘은 모두 선물을 줘야겠다는 생각으로 좀 더 많은 상품을 챙겼다. 내가 아이들에게 바라는 강한 정신이란 무엇일까. 성공이든 실패든 과정을 통해 배우는 것이 중요한데 이기는 결과만 강요했다면, 적어도 그건 건강한 정신이 아니다. 과정에는 최선을 다하며 함께 즐기고, 결과에는 서로 격려하고 축하할 수 있는 수업을 만들어야겠다고 다짐했다.

• • •

체구가 작지만 누구보다 열심히 수업에 참여하는 2학년 7반 학생 뿌이가 미니 축구 게임을 하다 공에 걸려 정면으로 고꾸라졌다. 얼굴부터 땅에 떨어져 크게 다친 건 아닐까 같이 뛰던 아이들도 모두 당황했다. 정적이 흐르는 가운데 달려가 일으켜주어야 하나 고민할 때, 뿌이는 꽤 아팠을 텐데도 툭툭 털고 일어난다. 뿌이가 고개를 들고 아무 일 아니라는 듯 미소를 보이니 다른 아이들도 다시 뛰기 시작한다. 나는 뿌이를 향해 손에 묻은 흙을 털어내라는 손짓을 하고 웃어 주었다.

게임이 모두 끝나고 가장 먼저 뿌이를 불렀다. 끝까지 포기하지 않은 뿌이를 칭찬하고 양팀 모두에게 상품을 줬다. 아이들은 잠시 어리둥절해하다가 금세 활짝 웃는다. 나의 짧은 생각에서 비롯된 서투른 행동이 이 아이들이 가진 건강한 웃음을 해치지 않길 바란다.

먼지가 폴폴 일어나는
흙 바닥에서도
아이들은 즐겁다.

## 그늘 한 점만
## 있으면 좋겠다

## ຖ້າມີເງົາພຽງຈຸດ
## ດຽວຄົງຈະດີ

방비엥중학교의 체육 교사로서 아쉬운 점은 실내 체육관과 체육 교재가 없다는 것이다. 교정에 큰 아름드리 나무 한 그루쯤 있고, 그 아래 수다를 떠는 여자아이들과 흙장난을 하는 남자아이들이 보이는 게 전형적 풍경인데, 30년이나 된 학교에 큰 나무 하나 없어 땡볕에서 체육 수업이 이뤄진다. 참고로 이곳은 북부 산악 지대라 밤에는 그나마 서늘한 편이지만 땅이 데워지면 한낮에는 35도가 훌쩍 넘는 살인 더위가 펼쳐지는 날이 많다. 라오스의 소계림(중국의 명승지 구이린桂林의 축소판 같다고 해서 붙여진 별명)이라고 불리는 방비엥에 있는 학교에 그 흔한 나무 한 그루 없는 게 이상해서 우돈 교감 선생님에게 물어본 적이 있다.

"왜 우리 학교에는 큰 나무가 없어요? 학교 역사도 길잖아요?"

"큰 나무가 세 그루 정도 있었는데 팔았어."

"왜요?"

"학생들에게 줄 교과서를 사야 했거든."

학교에 돈이 없어 교정에 있는 나무를 뽑는 나라. 이런 상황에 내가 아무리 바란들 체육관이 지어질 리 없겠지. 그렇다면, 체육 교재는? 체육 교재가 있다면 내가 없어도 이곳 학생들을 위해 체육 수업이 진행될 수 있지 않을까? 최빈국 라오스에 출판 산업이 발달했을 리 없지만 혹시나 하는 마음에 주말에 수도 비엔티안의 서점을 둘러보기로 했다. 하지만 역시 현지인들이 이용하는 서점은 따로 존재하지 않았다. 그나마 서점에선 영어로 된 라오스 여행 책이 대부분의 공간을 차지하고 있다. 시장의 한편이나 시내의 문구점, 큰 식료품 상점 구석의 자그마한 책 코너에 있는 책들은 99% 불법 복제된 것. 하루 벌어 하루 먹고 사는, 입에 풀칠하기도 바쁜 사람들에게 독서는 사치일지도 모른다.

'내 라오어 실력은 말도 안 되지만 내가 한번 만들어볼까.'

전교생의 사진을 찍어 출석부도 만들었겠다, 다음 학기에는 더 큰 일을 벌여도 충분히 해낼 수 있을 것 같다는 생각이 든다. 나 좋으려고 하는 일도 아니고, 학교와 아이들에게 도움이 될 수 있을 것 같아서 혼자 머릿속으로 별별 계획을 다 세운다. 그런데 갑자기 한국에 오기 전에 만난 선배의 말이 떠오른다.

"영웅 심리라고 할까? 봉사하는 많은 사람이 자신을 슈퍼맨이라고 착각하고 엄청난 일을 벌이고 싶어 해. 하지만 그 나라의 전통, 문화, 역사적 이해관계, 그리고 이념이 얽히고설키면 문제는 그렇게 단순하지 않아. 열정만 갖고 해결되는 일은 드물어."

당시에는 무슨 이야기인가 싶었는데 라오스에서 몇 개월 보내고 의욕이 넘치는 나 자신을 돌아보니 선배의 이야기가 현실적으로 다가온다. 그래도 마음껏 뛰놀 수 있는 그늘 한 점, 체육 교재 한 권을 꿈꾸는 게 과욕은 아니지 않을까? 방비엥중학교에서 고작 한 학기를 보냈으면서 내가 너무 큰 꿈을 꾸는 걸까…….

ไม่ใช่แฟน
แทน..(ก็ได้

## 철들지 말자!

## ບໍ່ຕ້ອງຖືພິທີລີ
## ຕອງຫຍັງດອກ

기다리던 삐마이가 찾아왔다. 라오스를 비롯한 인근 국가들은 불교 달력으로 새해가 오면 우리나라의 설 명절처럼 3일을 쉰다. 한국처럼 주말까지 이어지면 거의 일주일을 쉴 수 있다. 우리의 설이 혹독하게 춥다면 라오스의 신년인, 삐마이는 무지하게 덥다는 차이가 있을까. 나는 라오스 제1의 관광지 루앙프라방으로 향했다. 방비엥에서 출발해 버스로 짧으면 대여섯 시간, 길면 여덟 시간이 걸리는 루앙프라방. 도로가 워낙 울퉁불퉁하고 비좁아서 한참을, 그리고 천천히 달린다. 라오스에서 만나는 모든 운전사가 그렇듯이 도로에 소가 지나갈 때만 빼고 버스는 좀처럼 경적도 울리지 않을 정도로 느긋하다.

밤에 출발한 버스는 아침 7시가 되어서야 터미널에 도착했다. 친구 집에 짐을 풀고 늦은 아침을 먹으러 시내로 나왔다. 자전거를 타고 거리를 한번 둘러볼 생각으로 상쾌하게 페달을 밟았다. 그런데 웬 할머니가 불쑥 집 밖으로 나와 대야로 물을 퍼붓는 게 아닌가. 바로 내 앞에 물 한 바가지가 시원하게 쏟아진다. 청소하다가 물을 버리시는 건가 싶어 대수롭지 않게 여기고 지나갔다.

그런데 쌀국수집이 얼마 남지 않은 골목에서 물총을 든 꼬마 군단

# 순수의 사람들 곁으로

을 만나자 상황이 심상치 않다는 것을 몸으로 느낄 수 있었다. 표정만 봐도 감당 못할 개구쟁이라고 써 있는 열 명 가까이 되는 꼬마들이 어느새 자전거 주위를 둥글게 포위했다. 그리고 인정사정없이 물총을 쏘아댄다. 멈추라고 소리쳐도 아랑곳하지 않는 꼬마들은 물이 동날 때까지 멈출 생각이 없어 보인다. 순식간에 온몸이 흠뻑 젖은 나는 포위망의 빈틈으로 겨우 빠져 나와 쌀국수집으로 대피했다. 물에 빠진 생쥐 꼴로 주문을 하고 카메라가 젖지 않았나 확인하는 나에게 주인이 웃으며 한마디 건넨다.

"속디 삐마이 더(새해 복 받으세요)."

우리가 잘 알고 있는 태국의 물의 축제 '송크란 축제'처럼 라오스에서도 물의 축제 '삐마이 축제'가 열리는데, 매년 불교 달력을 따라 4월 13일부터 15일까지 축복을 기원하는 뜻으로 서로에게 물을 뿌린다. 쌀국수집 주인 말로는 아직 이틀이나 남았는데도, 루앙프라방은 최고의 관광지답게 앞서 시작한 것 같다며 호탕하게 웃는다. 정신 차리고 밖을 보니 삐마이 축제 이브라도 기념하는지 벌써부터 애나 어른이나 물을 뿌리는 사람과 물에 쫄딱 젖은 사람으로 가득하다. 물을 뿌리는 이유는 악한 기운을 씻어내려는 것인

데, 신년이 되면 사람들은 집 안 구석구석부터 모시는 신당까지 정성스럽게 물청소를 하고, 온 가족이 예의를 갖춰 서로에게 물을 뿌리며 그동안 있었던 나빴던 일들이 씻어버리고 새해엔 좋은 일들만 나타나길 기원한단다. 물론 시원한 물벼락을 맞으면서 더운 여름을 이겨내길 바라는 목적도 있다. 쌀국수를 먹으며 아직 집에서 나오지 않은 친구에게 전화를 걸었다.

"나올 때 조심해. 큰 거리는 벌써 물바다야."

"하하하, 그거 어쩔 수 없어. 물벼락이 아니라 복벼락 받는다고 생각하라고!"

하긴, 복을 받는다는데 마다할 이유가 없다. 나는 사진 찍을 때 말고는 작정하고 물벼락을 맞고 다니기로 했다. 카메라를 들고 다닐 때만 근처 가게 안으로 대피하고 물총을 든 꼬마 군단을 만나면 일부러 흠뻑 맞아주었다. 물론 나도 맞기만 하진 않았고 물총으로도 쏘고 호스로도 뿌렸다. 몇 살 때부터일까, 눈이 와도 눈싸움할 생각에 들뜨기보다는 길이 막힐 걱정부터 하는 어른이 돼버렸는데, 어린아이처럼 근심걱정 없이 신나게 놀아본 게 얼마만인지 모르겠다. 아침처럼 카메라가 괜찮을까 심각하게 쳐다보는 어른이 아닌 마냥 즐거운 아이가 될 수 있어 행복한 축제였다.

집에서 멀리 떨어진 곳에서, 그것도 해외에서 혼자 지내고 있으니 제법 자기 몫은 하는 어른이라고 생각했는데 여전히 내 속에는 이런 어린아이가 숨어 있다. 어른 노릇 한답시고 신나게 놀아야 할 때 유치하다며 끌끌 혀를 차는 건 오히려 재미없는 모습이겠지. 혹시라도 한국에 돌아가서 내가 너무 철이 들어버린 재미없는 어른이 된 것 같아지면, 오늘의 삐마이 축제를 기억해야겠다.

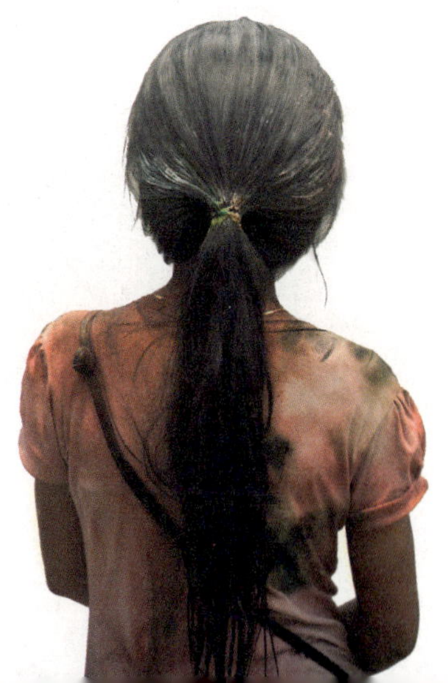

# 미지의 세계를 향해

# ໄປຍັງເມືອງລັບແລ

드디어 방학이 왔다. 라오스에서 무사히 한 학기를 마쳤다는 사실에 들떠 나 자신에게 긴 휴가를 상으로 주고 싶었다. 짧지 않은 시간이 주어져서 방비엥이나 루앙프라방이 아니라 좀 더 멀리 가볼 수도 있을 것 같았다. 학교에서 만나는 몽족, 카무족 말고 다양한 소수민족을 만나보고 싶다. 우선 아룬 형에게 조언을 구했다.

"형, 방학 때 여행 가려고 하는데 어디가 좋을까요?"

"여기보다 덥지만 남부 지방은 정말 좋아. 참파삭의 왓푸도 가보고, 일몰이 환상적인 씨판돈도 꼭 가봐."

"그럼 북부 지방은요?"

"북부 지방은 삐마이 축제 때 갔다 오지 않았어?"

"그건 루앙프라방이었죠. 그 위쪽으로 또 갈 만한 곳이 없나요?"

"글쎄, 루앙프라방 위쪽은 위험할 텐데. 대부분 소수민족이 살고 있는 곳인데 예전에 반란을 일으켰던 사람들도 많아."

"진짜요? 형은 루앙프라방 위쪽으로 갔다 온 적 있어요?"

"아니."

"그런데 어떻게 알아요?"

"예전에 들은 적이 있어. 북부 산간 지대에 미개하고 위험한 민족들이 산다고."

다음 날 아룬 형이 일하는 마사지 가게 옆에서 PC방을 운영하는 콘 아저씨를 찾아갔다. 평소에 마사지 가게와 PC방을 출석하듯이 들르는데, 콘 아저씨는 아버지뻘 되는 분으로 내 서툰 라오어 수다를 귀찮아하지 않으시고 친절하게 대해주신다. 전에 라오스 국내 여행을 많이 다니셨다는 이야기가 생각났다. 여행 계획을 세우는데 도움을 받을 수 있을 것 같았다.

"저 여행을 떠날까 해요."

"어디로?

"라오스요. 북부 지방에 갈지 남부 지방에 갈지 고민이에요."

"북부 지방은 진짜 위험해. 산간 지대 사람들은 총도 들고 다녀."

"그거 진짜예요? 총을 가지고 다닌다는 거?"

"응, 그리고 북부 산간 지역에는 호랑이도 산다고 들었어."

북쪽은 그야말로 야생과 미지의 라오스란 말인가. 연륜있는 콘 아저씨의 말이라 아룬 형의 말보다 더 신빙성 있게 느껴졌다.

"북부 지방에 가보신 적 있어요?"

"루앙프라방은 당연히 가봤지. 코끼리 축제가 열리는 싸이냐부리도 가봤는데 더 위에 있는 지방은 못 가봤어. 너무 멀잖아."

하긴. 수도 비엔티안에서 중국과 베트남 국경이 맞닿아 있는 북부 지방까지는 약 600킬로미터. 험난한 산악 지대라 그곳까지 가려면 적어도 스물네 시간은 걸린다.

아룬 형과 콘 아저씨 말고도 주변의 라오스 사람들에게 물어보니 북부 지방에 가본 사람이 없었다. 하나같이 북부 지방은 위험하다는 말뿐. 워낙 교통이 불편해 가볼 엄두를 내지 않았던 것 같기도 했다. 무지하면 용감하다고, 라오스 사람이 아닌 나는 북부 지방이 어떻게, 얼마나 위험하다는 건지 도무지 감이 오지 않았다. 대부분의 사람이 총을 들고 다닌다는 말에 두려움보다는 호기심이 발동했다. 지금까지 만난 라오스 사람들은 정말 순박했는데, 북부 지방 사람들은 왜 총을 들고 다닐 정도로 험악한 걸까? 아무리 위험하고 멀어도 여행자가 한 번도 찾지 않았던 곳은 아니겠지? 우리 학교의 몽족과 카무족 아이들은 너무나 순수하고 착한데, 북부 지방에 사는 아이들은 어떨까? 학교는 다닐까? 말은 통할까? 나 같은 한국 사람을 본 적은 있을까? 위험에 대한 걱정보다는 미지의 라오스에 대한 호기심이 커져갔다. 어쩌면, 맹장수술 이후 오랜만에 찾아간 학교에서 만난 카무족 아이들에게 "우리는 카무예요"라는 말을 들었을 때, 나는 이미 북부 지방에 사는 소수민족을 향해 가고 있었는지도 모른다.

설렘과 두려운 마음으로 미지의 세계로 다가갈 준비를 했다.

# 서른 시간을 운전하는 루앙남타 버스 기사

# ຄົນຂັບລົດໄປ ຫລວງນ້ຳທາ30ຊົ່ວໂມງ

수도 비엔티안의 북부 터미널에서 매일 아침 7시 30분 후아판행 버스가 출발한다고 했다. 비엔티안에서 방비엥까지 오는 시간을 계산하면 11시부터 기다리면 될 것 같았다. 13번 국도변에서 버스를 기다리면서 도로변에 있는 가게에서 국수를 시켰다. 한창 국수를 먹고 있는데 저 멀리 버스가 보였다. 버스의 외관이 상당히 남루하길래 설마 하는 마음으로 국물을 마시려는데 버스에는 후아판이라고 행선지가 적혀 있었다. 한 박자 늦게 일어나 손을 흔들었지만 버스는 이미 지나가버렸다. 버스 꽁무니에 대고 소리쳤지만 세워주지 않는다. 체념하고 절반 정도 남은 국수 그릇을 향해 고개를 돌렸다. 이렇게 된 거 편하게 국수나 마저 먹을까 생각하는데 아까보다 더 낡은 버스가, 그 외관에 어울리는 느린 속도로 달려온다. 손을 흔들어 세우니 루앙남타로 가는 버스라고 한다. 루앙남타는 중국 국경에 가까이 있는 도시라 일단 북부 지방으로 갈 수 있겠다는 생각에 버스에 올랐다. 국수 한 그릇 때문에 목적지가 후아판에서 루앙남타로 바뀐 것이다.

버스는 다채로운 표정의 까만 피부를 가진 사람들로 가득 차 있었다. 같은 북부 지방으로 가는 버스인데 전 세계 다양한 나라에서

PUMA

온 여행객들로 가득 찬 루앙프라방행 버스와 이렇게 다를 수 있을까. 버스 안에서는 무언가를 태운 듯한 누릿한 냄새가 났다. 냄새에 코가 적응한 건지 생각보다 역하게 느껴지지 않는다.

태양열에 녹는 건 아닐까 걱정될 만큼 낡은 버스에는 에어컨도 없다. 라오스에서 버스를 탈 때마다 느끼는 건데, 창 밖의 풍경만 보면 꼭 강원도 같다. 도로변에 위치한 집들에서 키우는 닭이나 소들이 버스를 가로막으면 더 느긋하게 달린다는 걸 빼곤. 중간에 휴게소라고 하기엔 허술한 시골 마을 정자 같은 곳에 내려서 바게트 샌드위치로 대강 저녁을 해결했다. 같이 식사를 하면서 버스 기사 뽀이에게 얼마나 남았냐고 물으니 열세 시간 정도 더 걸린단다.

"열세 시간요? 아직도 멀었네요."

"걱정하지 마. 한숨 자고 나면 금방 도착 할거야."

"밤에는 누가 운전을 하나요?"

"누가 하긴. 내가 하지."

"그럼 아까 비엔티안에서부터 루앙남타까지, 서른 시간을 혼자 운전한다고?"

"응, 나 혼자."

순수의 사람들 곁으로

지독히 가난하다는 남아메리카 페루를 여행할 때도 열 시간 이상 걸리는 야간 버스에는 거의 보조 운전사가 동석하고 있었다.
그런데 이 버스에 탄 기사는 뽀이 1명이 전부. 별다른 계획 없이 소수민족을 만나겠다는 마음 하나로 다들 위험하다고 말리는 북부 지방으로 여행을 가는 나조차 이 버스의 운명이 걱정됐다. 졸리면 파스를 바르나, 바늘로 허벅지라도 찌르나. 아니면 혹시 마약이라도 하나? 밤이 되어 밖이 깜깜해졌는데 급커브가 이어지는 걸 보니 보이지 않지만 산악 도로 위인 것 같다. 뽀이가 잠깐이라도 졸면 어떻게 될까? 상상만으로 아찔해 차라리 잠 드는 게 나을 것 같아 눈을 감았다.
몇 시간이나 잤을까, 눈을 떠보니 새벽 3시다. 사방은 여전히 깜깜하고 버스 안은 깨어 있는 사람이 없는지 고요하다. 이상하게 버스의 탈탈거리는 엔진 소리가 들리지 않는다. 고장이 난 건지, 걱정했던 대로 사고가 난 건지 조심스럽게 자리에서 일어나 운전석으로 갔다. 어둠에 시야가 적응해 서서히 앞이 보인다. 그런데 이게 뭐야. 기사 뽀이는 도로가에 얌전히 버스를 주차하고 편하게 자고 있는 게 아닌가. 웃음이 나왔다. 그럼 그렇지. 자기가 무슨 초인이라고.

버스 밖으로 나오니
앞으로 보나
뒤로 보나
적막함과 어둠이 짙게
깔려 있다.
고요로 뒤덮인
산악 지대의 공기는
서늘하고 맑다.
쏟아질 듯 반짝이는
너무 많은 별이
살아 있는 시선처럼 느껴진다.
그저
아름다운 밤이라고 표현하기엔
내 감성이
한없이
부족하게 느껴졌다.

ບກ 0675
25 P
ຫຼວງພະບາງ

# 땅의 주인에게 합당한 여행

# ການທ່ອງທ່ຽວທີ່ ເໝາະກັບສະຖານທີ່ນັ້ນ

목적지인 루앙남타는 오후 2시가 다 돼서 도착했다. 스물여섯 시간 동안 무슨 정신으로 버틸 수 있었던 건지, 벌써부터 방비엥에 돌아갈 때도 이렇게 오래 버스를 타야만 하나 걱정이 앞선다. 허리 감각은 완전 마비, 다리는 퉁퉁 붓고, 엉덩이 뼈가 저려온다. 길가에 침대가 있으면 바로 눕고 싶다. 가장 먼저 눈에 띄는 숙소에 들어가 짐을 풀자마자 쓰러져 잠이 들었다.

배가 고파 일어나보니 밖은 이미 컴컴하다. 숙소 바로 옆 인도 레스토랑에서 저녁을 먹으면서 가이드북을 펼쳤다. 가이드북에 생태 관광으로 유명한 루앙남타에는 50개가 넘는 소수민족이 살고 있다고 씌어 있는 것을 보니 다양한 소수민족을 보겠다는 여행의 목적은 달성할 수 있을 것 같다. 갑자기 행선지가 바뀌긴 했지만, 이곳도 관광지라 처음부터 산 속에 홀로 떨어진 건 아니라서 약간은 안심이다.

몇 곳의 여행사를 돌아보니 대부분 남하국립공원과 소수민족 마을 두세 곳을 방문하고 현지 음식을 맛볼 수 있는 트레킹 상품을 팔고 있었다. 되도록이면 많은 소수민족을 볼 수 있는 긴 트레킹을 해보고 싶은데 비수기라서 요금이 비싸고, 여행객도 거의 없단다. 지

Meuang Sing
payeuang river
kewlom
Namleuang river
SamSop river
Waterfall
Nam kong river
Namleuang (Akha) 2
Lukhamai (Akha)
3 days
Nam kong
(Black Tai)
NamMadKau (Akha)
Alukhamkau (Akha)
Nam leuang (khmu)
2 days
N
W
E
S
Pin Ho (Lentan)
Hongleuay (Lentan)
Luang Nam Tha
Along the Nam Tha Eco-Tourism agency
Had Yao (Hmong)
Waterfall
1 day
Namdee (Lentan)
Nam Dee river
Nam Ha river
(khmu) ChalurnSouk
Nam Ha village (KhmuKwan)
Tasae
2 days
Legend
Village
river
Road
Trail

도만 구해서 혼자 자전거를 타고 돌아보는 건 어떨까 고민하다가 허름한 간판이 걸린 여행사에 들어갔다. 두 청년이 반갑게 맞아준다. 그중 한 명이 자신은 카무족이며 이름은 완이라고 소개했다. 완은 내가 라오어를 하는 데 놀랐고, 나는 그의 유창한 영어에 놀랐다. 라오스의 소수민족 중에서 카무족이 가장 크게 핍박받았다고 하니 완이 정규 영어 교육을 받았을 리 없을 텐데.

"영어는 어디서 배웠어요?"

"독학으로 했어요."

"에이 설마. 거짓말이죠?"

"사실 전문대학교에서 6개월 정도 수업을 들었어요."

방학에만 계절 학기처럼 운영하는 사회교육원에서 공부했는데 이 정도로 유창하게 영어를 한다는 게 놀라웠다.

"대단하네요!"

"그 정도는 아니에요. 학교 공부도 물론 도움이 됐지만 사실 여행객들 덕분이죠. 나와 대화할 때 인내심을 갖고 대해주었거든요."

완은 루앙남타의 생태관광에 대해 자세히 설명해주었다. 막연히 환경을 보호하는 여행인가 싶었는데, 생태관광은 환경에 미치는 부정적인 영향을 최소화하고 문화 자원을 보존하며 여행객에게 그 지역을 이해시키고 존중하게 만드는 관광이라고 한다. 방비엥에서 레포츠를 즐기고 루앙프라방에서 낭만적인 거리와 사원을 보는 것이 라오스 관광의 전부라고 생각했는데 그게 아니었다. 라오스 관광청에서는 환경과 지역의 문화를 보존하고 가난 퇴치를 돕는 방안으로 라오스의 생태관광을 적극 장려하고 있다. 완은 여기에 덧붙여 성숙한 태도와 진정성을 가진 여행객들은 방비엥보다 루앙남타를 찾아온다고 말했다. 나는 왠지 완이 마음에 들어 맥주 한 잔 사겠다고 말했다.

"생태관광이 정말 지역사회에 도움이 되는 것 같아?"

"그럼, 생태관광은 2000년에 정부와 외국 NGO에 의해 시작됐는데, 점점 발전해서 지금은 연간 라오스 관광 수입의 절반을 차지하고 있어."

"완은 생태관광이 무엇이라고 생각해?"

"현지인들과 자연에 합당한 것. 왜냐하면 현지인들과 자연이 이곳의 진정한 주인이잖아."

이렇게 말하는 완의 눈에는 진지함이 담겨 있었다. 완의 나이는 스물여섯, 렌텐족 친구와 함께 여행사를 차려 자수성가한 청년이다. 완과 대화를 나눌수록 여행 사업으로 돈을 버는 수완 좋은 사업가라기보다는 환경보호 운동을 펼치는 사람과 이야기를 하는 것 같았다. 나는 '주인'이라는 말에 6년 전에 갔던 네팔 트레킹이 떠올랐다. 나를 포함한 여행객들은 등산화가 아닌 슬리퍼를 신은 포터(짐꾼)들에게 일당 4000원을 주고 30킬로그램이 넘는 짐을 넘긴 채 해발 4000미터의 베이스캠프까지 데리고 갔다. 그때 내가 했던 여행은 그곳의 사람들과 히말라야에 합당했을까? 이제 와서 얼굴이 화끈거린다. 부끄러운 기억이 떠올라 침묵하고 있는 내게 완이 갑작스러운 제안을 한다.

"다오, 내일모레 우리 마을에 갈 일이 있는데 너도 같이 갈래? 소수민족을 많이 보면 좋겠다고 했잖아. 3일 동안 우리 마을을 포함해 여섯 개 마을을 가는 거야. 적어도 대여섯 종류의 소수민족을 볼 수 있을 거야."

게다가 요금도 굉장히 쌌다.

"넌 내 친구니까 많은 돈을 받을 필요는 없어."

더 생각할 필요가 없었다. 난 완과 한 팀이 되기로 결심했다.

그 지역의 문화와 사람들을 존중하는 성숙한 태도와 진정성을 가진 여행자의 마음을 갖자.

# 운동화가 없는 완과 함께 지옥 훈련

## ເຝິກຊູ້ອມເອາເປັນເອາຕາຍ

다음 날부터 완과 나는 트레킹을 준비하기 시작했다. 완은 자기가 살던 마을은 산을 한 번 넘어야 하는데 시내로부터 45킬로미터 떨어진 산 중턱에 있다고 했다. 서울에서 부산까지 450킬로미터를 두 시간 반에 주파하는 고속열차가 다니는 한국에서는 이해하기 어렵겠지만, 국토의 80%가 숲인 라오스에서 45킬로미터는 반나절이 걸리는 거리인지도 모른다. 게다가 우리가 가려는 곳은 자동차로는 갈 수 없는 산 중턱의 소수민족 마을이다.

"완, 마을까지 얼마나 걸릴까?"

"오토바이를 타면 여섯 시간 정도 걸릴 것 같아."

"그런데 오토바이를 빌려야 하잖아?"

"응, 중국제는 하루에 60달러, 일제는 하루에 80달러."

난 봉사자 규정상 오토바이를 탈 수 없고, 60달러든 80달러든 내게 너무 비싼 금액이었다.

"완, 자전거는 어때? 오토바이보다 힘은 들겠지만."

"좋은 산악자전거는 하루에 7달러면 빌릴 수 있어. 그런데 자전거를 타면 훨씬 더 오래 걸릴 텐데, 괜찮겠어?"

"어제도 말했듯이 내게 부족한 건 돈이고 남는 건 시간이야."

이야기를 하면서 보니 완은 슬리퍼를 신고 있었다. 오랫동안 자전거를 타면 등산화를 신은 나보다 오히려 완이 힘들 것 같았다.

"완, 운동화 없어?"

"없어. 걱정하지 마. 소수민족들은 이런 슬리퍼가 더 편하거든. 우린 어렸을 때부터 항상 맨발로 살아왔어. 까칠까칠한 아스팔트 도로가 있는 도시로 나가면서 신발이 필요하게 된 거지. 태양 빛에 뜨거워진 아스팔트를 맨발로 걸어본 적 있니? 내가 바비큐가 되는 기분이야."

두 발로 걷는 나이가 되자마자 신발을 신고 살아온 나 같은 도시인은 이해할 수 없는 간극이 느껴졌다.

완의 고향인 카무족 마을에 가기 전에 렌텐족 마을을 거쳐 아카족 마을까지 가는 게 첫날의 목표. 마음이 급한 우리는 한달음에 몇 킬로미터를 주파했다. 산으로 접어드니 포장도로는 금방 끝났고 지옥 훈련이 시작됐다. 햇살이 들어 땅이 마른 곳에서는 편하게 달렸지만, 그늘에 가려 진흙탕 가득한 곳에서는 자전거를 끌거나 들고 걸었다. 더 깊은 산으로 들어갈수록 마른 땅 없이 진흙탕만 이어졌고 자전거를 끌고 가는 시간이 길어지면서 카메라를 버리고 싶을 만큼 지쳤다. 소수민족을 보러 와서 익스트림 스포츠를 즐기게 될 줄이야.

험한 산길에서 자전거를 타고 끌기를 반복하다가 해가 높이 떠오른 정오 무렵, 렌텐족 마을에 도착했다. 마을에 도착하자마자 똑같은 전통의상을 입은 사람들이 보인다. 짙은 남색 옷감은 한국의 모시 같다. 분홍색 실이 둘러진 파란 소매가 눈에 띄었다. 50가구의 렌텐족이 모여 사는 이 마을의 인구는 삼백여 명. 마을을 둘러보니 거의 모든 집에서 여인들이 베를 짜고 있었다. 그런데 유독 한 집에만 사람들이 모여 있다. 사람들 틈으로 들여다보니 한 노인이 인형에 눈, 코, 입을 그려넣고 있다. 마치 TV 드라마에서 장희빈이 인현왕후를 저주할 때 썼던 지푸라기 인형 같다.

"이거 사람인가요?"

"아니, 귀신이야."

노인이 인형을 완성한 뒤 바느질하는 여자들에게 가져다준다. 여자들은 귀신의 머리에 천을 두르고 치장을 한 뒤 대나무로 엮은 듯한 가마 모양의 물체에 올려놓는다. 다들 렌텐족의 언어를 하는지 말이 거의 통하지 않아 궁금한 게 생겨도 물어볼 수 없다. 그나마 라오어가 통하는 소녀에게 물어보니 렌텐족의 제사 의식이란다. 좀 더 보고 싶은데, 조금이라도 빨리 출발해야 어두워지기 전에 아카족 마을에 도착할 거라며 완이 재촉한다.

겉핥기 식으로 렌텐족을 둘러보고 자전거에 올랐다. 두 시간쯤 달렸을까, 산 속이라서 해가 빨리 진다. 노숙을 하게 될까 걱정하는데 완이 불빛이 보이는 게 거의 다 온 것 같다고 외친다. 완의 말로는 아카족 마을에는 전기가 들어오지 않는단다. 희미하게 보이는 불빛은 아카족 사람들이 저녁밥을 짓기 위해 지피는 불에서 나오는 원시의 빛이었다.

운동화가 없던 가이드 완.
열혈 청년 사업가의 강렬한 눈빛을 잊을 수 없다.

# 사냥은 불법이야,
# 하지만……

# ການລ່າສັດປ່າຜິດ
# ກົດໝາຍ, ແຕ່ກໍ່ຍັງ……

오싹한 한기에 일어나 보니 벌써 날이 밝았다. 시계가 아침 7시를 가리킨다. 무슨 정신으로 내 몸과 자전거를 끌고 아카족 마을에 도착했는지 도무지 기억이 나지 않는다. 완도 피곤했는지 세상 모르고 잠들어 있다.

'어제 이장님께 인사하고 하룻밤 재워달라고 부탁했었지.'

욱신욱신 종아리가 쑤시는 걸 보니 어제의 익스트림 스포츠가 꿈은 아니었나 보다. 찌뿌듯한 몸의 피로를 풀고 마을 사진도 찍을 겸 전날 자전거를 타고 오면서 밥 짓는 불빛을 봤던 고개로 다시 올랐다. 여러 각도에서 사진을 찍으며 마을을 내려다보니 공터에 앉아 이야기를 나누는 노인들과 장난치며 뛰어다니는 아이들이 보인다. 한 떼의 흑돼지와 닭이 마을을 휘젓고 다닌다.

한참 사진을 찍고 한숨 돌리고 있는 사이, 마을 어귀에서 내가 있는 쪽으로 오는 남자아이들이 보였다. 색이 바랜 옷을 입은 남자아이들은 좋은 모델이 될 것 같은 예감이다. 카메라를 들고 각도를 잡고 렌즈를 들여다보았다. 렌즈 안에서 조금씩 커져가는 아이들을 보는데 예상치 못한 검은 물건이 보인다.

'설마 총인가?'

북부 산악 지대는 위험하니 가지 말라던 콘 아저씨의 말이 생각났다. 긴장한 나는 얼른 셔터를 한 번 누르고 나무 뒤에 숨었다. 아이들이 알아들을 수 없는 아카족 언어로 왁자지껄하게 수다를 떨며 지나간다. 총을 든 아이들치고는 그 웃음이 너무 순박하다. 그래도 두려운 마음에 주변이 조용해진 걸 확인한 뒤에야 자전거 페달을 힘차게 밟아 마을로 돌아왔다. 완은 그사이 일어나 있었다.

"완, 나 총을 든 아이들을 봤어."

완은 아직 잠에서 덜 깼는지 시큰둥한 표정으로 그게 뭐 어떠냐는 듯이 쳐다보았다.

"총이라니까. 무서워서 혼났어."

"사냥하러 가는 거겠지. 그런 걸 무서워하다니, 하하하."

"라오스에선 사냥이 금지되어 있다고 들은 것 같은데 내가 잘못 들은 거야?"

"사냥이 금지된 것은 맞아."

"그런데 왜 사냥을 하는 거야? 그것도 총으로 말이야."

"사냥은 그들에게 중요한 일이거든."

그래도 정부에서 금지한 이유가 있을 것이 아니냐, 멸종 위기에 처한 동물이라든가 총기 사용에 대한 법적인 문제는 없느냐 등등 여러 가지 말을 하고 싶었지만 입을 닫기로 했다. 언어적인 한계도 있고 문화적인 차이도 우리 앞에 놓여 있었다. 이렇게 사냥 이야기는 끝난 줄 알았는데 점심에 나온 고기가 전날 사냥한 것이라는 이장님의 말에 다시 논쟁이 시작됐다.

“수많은 동물이 숲에서 사라질 위기에 놓여 있지 않나요? 사냥을 계속하는 이유가 무엇인가요?”

“너는 한국에서 어떻게 고기를 구하니?”

“마트나 정육점에서 사죠.”

“우리에겐 바로 이 숲이 시장이고 가게야. 여기에서 필요한 모든 것을 얻어 쓰지. 도시에 사는 사람들은 소유를 위해 사냥한다고 들었어. 소유한다는 것은 곧 욕심을 가진다는 말 아니야? 우리들은 소유가 아닌 생존을 위한 사냥만해. ‘소유’와 ‘생존’에 대해 잘 생각해보게.”

밥을 먹고 밖으로 나와 마을을 돌아다니며 다시 사진을 찍었다. 외국인을 처음 봤는지 꼬마들이 나를 따라오다 도망가기를 반복했다. 팔다리가 앙상하고 배가 비정상적으로 불룩 나온 꼬마들 사이

에 콜라를 마시는 아이가 보인다.

'내가 어렸을 때는 엄마가 콜라를 못 먹게 했는데, 저러다 이 다 썩지.'

기본적인 의학 상식으로도 이곳 아이들은 영양실조나 영양 불균형인 게 틀림없어 보였다. '소유'와 '생존'이라. 건강과 체중 감량을 위해 일부러 채식을 하기도 하는데, 이 아이들에게 육식이란, 사냥이란 어떤 의미일까.

고민을 안고 다음 마을로 갈 채비를 했다. 아침에 보았던 남자아이들이 무엇을 잡아왔는지 궁금했지만 시간이 없었다. 다음 목적지는 완의 고향 마을이었다.

물을 길어 오는 맑은 눈을 가진 자매.

# 물웅덩이가 있는 교실

# ໄຫນ້ຳໃນຫ້ອງຮຽນ

뜨거운 햇살 때문에 질퍽했던 길이 제법 굳어져 어두워지기 전에 마을에 도착할 수 있었다. 완이 왔다는 소식에 어른 아이 할 것 없이 완의 집으로 몰려왔다. 연예인이라도 찾아온 것처럼 마을 사람들이 완을 둘러싼다. 나는 스타 옆에 서 있는 매니저가 된 기분이다. 왁자지껄한 분위기 속에서 식사를 마치자 어두워졌는데, 이 마을 역시 전기가 들어오지 않는다. 어쩔 수 없이 일찍 잠자리에 든다.

• • •

완이 오랜만에 마을에 돌아온 건, 전봇대를 설치해 마을에 전기를 들여올지 여부를 논의하기 위해서라고 한다. 이른 아침부터 이 주제로 마을에서 회의가 열린다며 완이 구경하러 오라고 했다. 전기가 들어오는 것을 찬성하는 사람이 있는가 하면 반대하는 사람도 있었다. 식량을 팔아 전봇대를 세우는 자금으로 쓰면 당장 어떻게 먹고살 거냐며 언성을 높이는 노인들도 보였다. 하지만 회의의 주도권은 점점 완에게 기우는 것 같았다. 나이는 어리지만 나름

고등교육도 받았고 문명과 가까운 생활을 하고 있기 때문이겠지. 팽팽한 긴장감이 느껴져 나는 회의 자리에서 빠져나와 산책을 했다. 마을에는 태풍이라도 지나가면 다 허물어져버릴 것 같은 집과 그 집 안의 다 낡은 옷을 입고 있는 사람들이 보였다. 겨우 하룻밤이 지났을 뿐인데 내가 완과 함께 온 것을 마을의 모든 사람이 알고 있었다.

"사마이르."

카무족 말로 "안녕하세요" 한마디를 배웠다. 처음 라오스에 왔을 때 "싸바이 디"를 연발하는 외국인인 나에게 모두가 따뜻하게 웃어주던 게 생각났다. 그때처럼 카무족 사람들 모두가 따뜻한 미소로 화답해줬다. 여기저기 사진을 찍으며 걷다가 마을 한쪽의 곧 쓰러질 것만 같은 남루한 건물에 닿았다. 교실이 두 개 있는 걸 보니 초등학교인 것 같다. 크고 작은 나무 판자가 덕지덕지 붙여진 창문 사이로 수업을 듣고 있는 아이들이 보인다. 고개를 빼꼼히 내밀어 교실을 들여다보니 발 디딜 틈조차 없을 만큼 공간이 협소했다. 2인용 책상에 4명이 다닥다닥 붙어 앉아 앙상한 무릎에 책을 올려놓고 수업을 받고 있었다. 나를 발견한 교사가 나를 교실로 불렀다.

"여러분, 완 아저씨의 친구예요. 반갑게 인사해요."

"안녕하세요!"

"안녕하세요, 한국에서 온 다오입니다. 지금은 방비엥에 살고 있어요."

아이들의 우렁찬 단체 인사를 받으니 내가 빈 손인 게 무안할 정도였다. 나는 아이들의 얼굴을 꼼꼼히 바라봤다. 초롱초롱한 눈이 반짝인다. 완을 닮은 아이도 있다. 완의 마을이고 같은 카무족이니 비슷한 얼굴이 있는 게 이상한 일은 아니다.

그런데 교실에 들어가보니 바닥에 커다란 물웅덩이가 있다. 밤새 그렇게 많은 비가 내린 것 같지는 않은데 교실 천장에서 비가 새는지 오래전부터 있었던 같다. 말 그대로 비와 햇빛만 겨우 가릴 수 있는 지붕 아래에서 수업을 듣고 있는 것이다. 전기도 없는 이 마을에서 태어난 완도 10여 년 전에는 비좁은 이 교실에 앉아 있었겠지. 어두운 교실에서 공부를 하고 맨발로 축구를 하면서 어린 시절을 보냈을 것이다. 그리고 지금은 홀로 도시에 나와 일을 하고, 자기 힘으로 가게까지 차린 이십대 사업가가 되었다. 이 마을 사람들에게 완은 한국 속담에서 말하는 "개천에서 난 용"으로 보일까? 아니면 전기가 없어도 큰 불편을 느끼지 않는 사람들이니 도시의

삶이라고 별다를 것 없다고 볼까? 허름한 교실에 앉아 있는 반짝이는 눈을 가진 카무족 아이들이 꿈꾸는 미래는 무엇인지, 어떤 미래를 바라며 배우고 있는 것인지 문득 궁금해졌다.

# 미안하진 않아요,
# 고마운 거죠

ຂອບໃຈ

"다오, 마을 남자들이 사냥 간다는데 같이 갈래?"

"사냥? 완도 가는 거야?"

"나는 마을에서 처리할 일이 남아 있어서 못 가지만 다오에게는 좋은 경험이 될 거 같아."

"뭐를 잡는데? 설마 호랑이는 아니겠지?"

"호랑이를 보려면 골든트라이앵글(라오스, 태국, 미얀마 접경 산악지대)까지 가야 해. 우리는 새나 두더지 같은 걸 주로 잡아. 위험하진 않으니까 걱정 마."

이틀 전 아카족 마을에서 사냥은 나쁜 것 아니냐면서 날을 세웠는데 며칠이나 됐다고 호기심이 발동한다. 사냥 체험이 아니라 소수민족 삶의 현장을 옆에서 목격할 수 있는 기회라는 생각에 완에게 가겠다고 말했다.

완이 소개해준 사람은 마루라는 서른두 살의 사내였다. 인상은 서글서글하고 온화해 보였지만 악수를 하며 보니 강렬한 눈빛과 마디가 굵은 손을 가졌다. 상처와 굳은살이 가득한 손에서 오랜 세월 숲에서 몸을 쓰며 자연을 상대로 살아왔을 그의 삶이 짐작됐다. 마루 말고도 2명의 건장한 남자, 그리고 솜털이 보송보송해 앳돼 보이는 남자 둘이 함께했다. 모두 장총을 들고 있었다.

"너도 필요하면 한 자루 줄게."

"아, 아냐. 나도 총이 있어."

가방 안에서 카메라를 꺼내 총을 쏘는 시늉을 하며 "찰칵" 셔터 소리를 냈다. 어설픈 농담이 통했는지 카무족 청년들이 웃는다.

오토바이를 얻어 타고 20분 정도 달렸을까. 음산한 계곡 모퉁이에서 멈췄다. 그러곤 내 키보다 큰 바나나 나무 잎을 따서 오토바이를 덮어놓은 후 숲으로 들어갔다.

이미 숲 속 깊숙한 곳까지 들어온 것 같은데 우리는 걸어서 한 시간을 더 들어갔다. 등산화를 신은 나만 지친 것 같고, 다들 가벼운 몸놀림으로 산을 탄다. 모두 치타처럼 유연하고 재빠르게 앞으로 나아가는데 가장 어려 보이는 소년이 유독 내 뒤꽁무니를 쫓는다.

"어이, 친구. 이름이 뭐야?"

"깜빤."

"어려 보이는 데 몇 살이야?"

"열네 살."

"학교는? 학교는 안 가?"

초등학교만 졸업한 열네 살 깜빤. 카무족 남자들은 어릴 때부터 사냥을 배운다.

"응."
"초등학교는 다녔어?"
"응."
초등학교만 졸업해서 라오어 실력이 부족해서인지 단답형으로 대답하는 그와 대화하기는 편하다. 그때 갑자기 저 멀리서 총 소리와 함께 웅성거리는 소리가 들렸다.
"깜빤, 뭐야?"
"큰 소리가 난 걸 보니 멧돼지 같은데."
우리는 뛰기 시작했다. 그러나 방향이 달랐는지 얼마 가지 않아 마루와 일행을 놓쳤고 숲 속에는 정적이 흘렀다. 장총을 든 이방인과 어딘지 모르는 곳에 덩그러니 놓이게 되다니. 정적이 어색해 깜빤과 이야기를 시작했다. 깜빤은 처음부터 나를 에스코트하는 것이 임무였다고 한다. 그래서 내 속도에 맞춰 따라다닌 거였다. 나를 배려해준 완과 카무족 사람들에게 고마운 마음이 들었다. 깜빤은 멍하니 일행을 기다리는 게 지루했는지 자기를 따라오라고 한다.
"어디 가?"
"새 잡으러."

생생한 사냥 현장을 찍을 수 있다는 생각에 가슴이 두근거렸다.

"탕."

깜빤의 첫 번째 총알이 날아갔다. 깜빤이 아쉬운 듯 입맛을 다시며 총을 재정비하는 걸 보니 실패한 모양이다. 나도 이번에는 총 쏘는 모습을 렌즈에 담기 위해 카메라를 재정비했다. 깜빤은 시선을 하늘로 향한 채 새소리에 귀를 쫑긋 세우며 고요하게 몸의 감각을 끌어 모았다.

"탕."

두 번째 총알이 날아갔다. 소년은 고개를 떨어뜨렸다.

"형, 사진 안 찍으면 안 돼요?"

아, 내가 방해를 했구나. 나는 미안하다고 말하며 바로 카메라를 가방에 집어넣었다. 깜빤은 조금 쉬자고 했다. 우린 골짜기를 내려와 냇가를 찾아 목을 축였다. 시계를 보니 완의 마을에서 출발하고 나서 두 시간이 넘도록 쉬지 않았다. 내가 사냥을 방해한 것 같아 미안한 마음에 두서없이 말을 꺼냈다. 쉬면서 길게 이야기를 해보니 순수하고 예의 바른 소년이었다.

"총 쏘는 거 멋있더라. 아까는 아쉬웠어. 조금 더 힘내. 그리고 도움이 필요하면 말해."

"네, 새 잡는 건 쉽지 않아요. 시간과 노력이 필요하죠."

"사냥은 자주 와? 총 쏘는 것은 언제 배웠어?"

"얼마 되지 않았어요. 총을 가지고 나온 사냥은 오늘이 여섯 번째예요."

"그동안 대개 뭘 잡았어?"

"이것저것요. 뱀도 많이 잡고, 형들이랑 가끔 멧돼지도 잡았어요."

"그럼 새는? 이 총으로 새도 많이 잡았을 거 아냐?"

"한 번 잡아봤어요. 세 번째 사냥 때."

"처음 새를 잡았을 때 기분은 어땠어? 엄청 짜릿했지?"

"네에?"

깜빤은 자연을 닮은 깊고 큰 눈을 깜박거리며 의아해했다. 나는 그 표정에 담긴 의미를 읽어내지 못하고 계속 질문했다.

"맛은 어땠어?"

"씨야짜이(속상했어요)."

맛이 어땠냐고 물으니 속상했단다. 깜빤은 침울한 표정을 지었다.

"씨야짜이. 새가 나한테 생명을 주었잖아요. 슬프고 고마웠어요."

내가 정확하게 이해한 걸까? 슬프고 고마웠다니. “숲은 시장이자 가게”라고 한 아카족 이장님의 말이 떠올랐다. 깜빤을 보니 숲에서 사냥을 하는 이들도 생명체를 귀하게 여기는 마음을 갖고 있는 것 같다.

“너 미안해서 새를 못 잡는 거구나?”

“그렇지 않아요. 미안한 마음은 없지만 고마운 마음은 있어요.”

소수민족에게 숲은 다른 생명을 빼앗아 인간의 배를 채우는 시장이 아닌, 인간이 다른 생명에게 빚을 지는 곳이었다.

침울한 분위기를 바꾸기 위해 자리에서 일어나 다시 사냥을 시작했다. 신중을 기해서 두 발의 총알을 더 쐈지만 성과는 없었다. 그리고 몇 분 뒤 다섯 번째 총알을 쏜 깜빤이 마지막 총알도 실패라고 말했다. 어린아이에겐 5개의 총알만 주는 게 카무족의 규칙이라고 했다.

마루를 비롯한 나머지 무리는 얕은 고개 너머의 구릉에서 쉬고 있었다. 사냥이 제법 성과가 있었는지 대여섯 마리의 새를 흔들어 보이며 인사했다. 5개의 총알을 쥔 깜빤도 시간이 지나면 저렇게 여유로운 카무족 청년으로 자라게 되는 걸까.

이 모습을
가난하다고 할 수 있을까?

ສະພາບແບບນີ້
ເອີ້ນວ່າທຸກຍາກໄດ້ບໍ?

이른 아침을 먹고 완의 고향 마을에서 나와 다시 자전거에 올랐다. 해가 중천에 자리 잡을 무렵 도착한 마을은 몽족이 사는 곳이었다. 우리 학교에도 수많은 몽족 학생이 있는데 이렇게 멀리까지 와서 만나니 익숙한 얼굴을 보는 것 같아 반갑기만 하다. 마을 이장님을 찾는 사이 우리를 보기 위해 수많은 동네 사람이 몰려들었다. 낯선 사람들에게 둘러싸이는 게 이젠 익숙해질 법도 하지만 여전히 이 순간에는 동물원 우리에 갇힌 기분이다. 게다가 내가 서툰 라오어로 말을 하니 재주 넘은 동물이라도 보는 것처럼 마을 사람들이 탄성을 지른다.

그사이 잠시 숲에 나갔던 마을 이장님이 도착했다. 사정을 이야기하니 저녁 식사를 하고 자신의 집에서 머물러도 좋다고 말한다. 나를 구경하느라 몰려든 사람들 사이에서 겨우 빠져나와 이장님 집에서 정체를 알 수 없는 음식이 차려진 저녁상을 받았다.

“마을을 둘러보는 건 내일 하고 오늘은 비디오를 틀어줄게.”

“이 마을에는 전기가 들어와요?

“물론! 근처 마을 중에서 유일하지.”

이장님이 자랑스럽게 말한다. 호주 NGO에서 냇가에 흐르는 물을 이용한 수력발전기를 설치해주었다고 한다. 아마 오래 보지는 못하고 비디오가 끊어질 정도의 전력일 텐데, 오랜만에 온 손님에게 다양한 걸 보여주고 싶으신가 보다. 비디오는 소수민족 옷을 입은 사람들이 나오는 드라마였다. 화면 속의 사람들이 몽족의 옷을 입고 있고 몽족어로 말하고 있어서 무슨 내용인지는 전혀 알 수 없었다.

"저런 방송은 어디에서 만든 거예요?"

"태국에서 만든 거야."

비엔티안이나 방비엥에서도 라오스 사람들은 태국에서 송출하는 태국 방송을 많이 보는 편이다. 라오스 방송은 재미가 없다나. 저 비디오가 어떤 경로로 이 마을까지 흘러 들어왔는지는 알 수 없지만 전기가 귀한 이런 시골에서까지도 태국 비디오를 보고 있는 모습이 신기하다. 점점 더 많은 사람이 비디오를 보기 위해 이장님의 집으로 들어왔다. 옆집 꼬마부터 시작해서 근처에 산다는 친척 아가씨들까지 다양한 사람이 모였다. 수많은 관람객의 웅성거림 속에서 화면을 보고 있으니 한집에서 국가대표 축구 경기라도 보는 기분이다.

"화면 속의 몽족들은 이곳 사람들과 친척인가요?"

"같은 몽족이니까. 우리와 똑같은 영혼을 가진 사람들이지."

이장님에게 자기 마을에만 전기가 들어온다며 자랑스러워하던 때보다 짙은 자부심이 보인다. 그때 전력을 다 썼는지 비디오가 뚝 끊겼다. 패널티킥이 골대를 스쳤을 때 나올 만한 아쉬운 탄성이 터져나온다. 비디오 화면이 꺼지니 사방에 어둠이 짙게 깔렸다. 전기가 들어온다고는 하지만 겨우 한 시간 남짓 쓸 수 있고 여느 마을과 마찬가지로 지독하게 가난한 곳이다. 어스름 속에서 모여 있는 마을 사람들을 살펴보니 영양결핍으로 배만 볼록 나온 아이들이 눈에 띈다. 위생 상태가 최악인 동네의 허름한 어느 집에서 태어난 이 아이들이 조금 더 크면 학교 대신 숲이나 논밭으로 일을 하러 가리라는 것을 보지 않아도 알 수 있었다.

• • •

어둠을 헤치고 어떻게 집에 돌아갈 생각인지, 사람들은 나직하게 이야기를 나누기 시작한다. 알아들을 수 없는 몽족어의 수다와 웃

유일하게 전기가 들어오던 몽족 마을.
비디오를 보겠다고 사람들이 이장님 집에 모였다.
아마도 같은 비디오를 수십 번은 반복해서 봤겠지.

음소리가 어둠이 주는 적막을 깬다. 마치 연휴에 오랜만에 만나 밀린 대화를 나누는 가족들처럼 이 자리에 모인 모두가 하나의 큰 혈연집단 같다. 낮은 목소리로 대화를 나누는 몽족 사람들의 얼굴을 찬찬히 들여다보았다. 이들의 얼굴에서 불행이나 결핍은 보

이지 않는다. 전기가 없는 오늘의 밤은 별일 없이 평화로운 일상일 텐데, 이방인에 불과한 내가 이 모습을 '가난함'으로 바라봐도 되는 걸까. 이 사람들의 가난이나 행복의 기준을 내가 감히 판단할 수 있는 걸까.

# 몽족 할아버지의
# 위험한 초대

# ຄຳເຊີນອັນຕະລາຍ
# ຂອງພໍ່ຕູ້ເຜົ່າມົ້ງ

순수의 사람들 곁으로

잠들기 전, 독특한 모양의 모자를 쓴 할아버지가 나를 초대했다. 이장님 댁 바로 옆이라 잠깐 다녀와도 되겠다 싶어 따라 나섰다. 허름한 집에 들어서자마자 알싸한 냄새가 난다. 아, 이건 방비엥의 몇몇 술집에서 맡아본 것 같은 냄새다. 경찰의 눈을 피한 여행객들이 “조인트(Joint)”, 또는 “해피 시가렛(Happy Cigarettes)”이라고 부르는 대마초였다. 조금 꺼려졌지만, 무슨 일 있겠냐 싶어 할아버지를 따라 들어가 집 안에 앉았다. 그곳에는 다리가 불편해 보이는 할아버지 한 분과 손자뻘 되는 청년이 1명 더 있었다. 두 분 할아버지는 몽족어만 하실 수 있는지 청년이 중간에서 나에게 라오어로 통역을 했다. 사실 특별할 것도 없는 “왕년에 내가 말이지”로 시작하는 이야기였다.

괜히 왔나 싶어 일어날까 생각하는데 미지의 물체가 내 앞에 등장했다. 이 나라에서 1년을 살았지만 라오스에는 아직 모르는 것투성이라 청년에게 뭐냐고 물으니 “먹는 거라고 하시는데”라며 속 시원한 대답이 안 나온다. 할아버지들은 파이프에다가 불을 붙이곤 담배처럼 빤다. 아무래도 언젠가 다큐멘터리에서 본 아편인 것 같다.

“할아버지들, 이거 아편이죠?"

할아버지들이 영어를 알아들을 리 없고 청년도 모르는 눈치다. 할아버지들은 웃으면서 내게 파이프를 내민다.

"몽족은 귀한 손님이 오면 접대를 해요. 할아버지들은 형이 귀한 손님이라고 생각하신대요. 받으세요."

나는 손으로 X 자를 만들어 강하게 거절의 표시를 했다. 그런데 이 할아버지들, 막무가내다. 끈질기게 파이프를 들이미는 할아버지가 슬슬 무서워진다. 이러지도 저러지도 못하는데 완이 구세주처럼 등장했다.

"다오, 무슨 일이야?"

"완, 이 할아버지들 좀 말려봐."

완이 앞에 놓인 물건들을 확인했다.

"아, 아편이구나."

"난 거절했는데 이해를 못 하시네."

"몽족, 특히 나이 든 몽족은 손님에게 아편을 권하는 풍습이 있어."

할아버지들이 건네는 파이프를 자연스럽게 받는 완의 모습에 놀라 뒤도 안 돌아보고 그 집을 나왔다. 이장님 집의 매트리스에 몸을 뉘였다. 할아버지들이야 어쩔 수 없다고 해도, 열정으로 똘똘

뭉쳐 도시에서 자수성가한 카무족 청년 완에게 실망스러웠다. 옆에 누운 완이 계속 말을 걸었지만 잠든 척하고 대답하지 않았다.

여느 때처럼 아침 일찍 일어나 마을을 산책하며 풍경을 카메라에 담고 떠나기 전 풍성한 식사를 대접받았다. 자전거를 점검하며 완에게 불쑥 말했다.

"아편은 나쁜 거라고 생각해. 사람을 취하게 하잖아. 어제 할아버지도 중독된 게 틀림없어."

"맞아, 아편은 나쁜 거야. 하지만 파는 것이 아닌 소규모의 자급자족은 나쁜 게 아니라고 생각해."

"무슨 말이야?"

"사냥이랑 비슷하다고 보면 돼. 산에 사는 사람들에겐 그들만의 삶이 있는 거야. 아편도 그중 하나고. 다오는 취미가 뭐야?"

"운동이나 사진이지."

"소수민족에겐 아편을 피우는 게 어찌 보면 오래된 취미이자 문화일 수도 있어."

"……"

"오해는 하지 마. 나는 절대 아편 애호가가 아니야. 어제 할아버지들에게는 예의를 갖춘 거야. 다오, 전에 아카족 마을에서 사냥에 대한 이야기를 했을 때처럼 유연하게 생각할 필요가 있어. 여긴 네가 태어난 나라도, 살다 온 도시도 아니니까."

우리는 페달을 밟기 시작했다. 출발한 지 얼마 지나지 않아 완이 꽃밭 앞에서 멈췄다.

"다오, 저기 봐. 저기 꽃들 보이지?"

"처음 보는 꽃인데. 예쁘다."

"양귀비 꽃이야."

"아, 저게 양귀비야?"

"Seeing is Believing! 보는 것이 믿는 것이라고 하잖아. 보여주고 싶었어."

"잠깐 사진 좀 찍어도 될까?"

"안 될 거 없지. 하지만 여기가 어딘지 알려져서는 안 돼. 약속 지킬 수 있지?"

"물론이지."

"그래, 난 널 믿어, 다오. 내 친구니까."

"마지막 마을에는 어떤 민족이 살고 있어?"

"타이담족 마을이야. 타이담족은 할아버지부터 손자 손녀까지 온 가족이 다 같이 모여서 잠을 자는 민족이야. 그럼 신혼부부들은 어떻게 할까?"
"하하, 글쎄."
"궁금하면 네가 타이담족 여자랑 결혼하는 거 어때? 우선 나에게 약속했던 한국인 여자 친구 소개팅 먼저!"

• • •

어젯밤만 해도 서먹했던 우리 사이가 완의 가벼운 농담으로 다시 가까워진다. 짧은 시간이지만, 완과 나 사이에 친밀함 이상의 신뢰가 쌓인 것 같다. 나흘간의 트레킹에서 얻은 가장 소중한 것은 열혈 청년 완과의 우정 같다. 그리고 내가 가진 편견과 무지에 대한 깨달음도 트레킹으로 얻은 선물이다.
사람이 살 것 같지 않은 깊은 산 속의 마을에서 다양한 소수민족을 만났다. 불과 10킬로미터 내외 떨어져 있는 마을에서 들리는 다른 언어와 다양한 복식, 전기도 수도도 없지만 결핍을 느끼지 않고 만족하며 살아가고 있는 사람들. 숲이 곧 시장이자 가게라는 아카족, 허물어져 가는 학교에서 공부하던 카무족 아이들, 초등학교만 졸업하고 총을 들고 사냥에 나선 깜빤, 양귀비를 기르고 아편을 피우는 몽족까지. 어렴풋이 알고는 있었지만 떠나지 않았다면 몰랐을 라오스를 보았다.

나와 다른 문화와 역사를
간직하고 살아가는
사람들의 행복과 불행,
옳음과 그름을 판단하는
나만의 잣대는 어디까지
옳은 것일까. 결론을
내지 못하고 방비엥으로
돌아가는 버스에 올랐다.

# 3

잠시 머물다가 떠날 외국인이 아닌 평범한 동네 사람으로 보낸 시간. 하루와 하루, 계절과 계절이 쌓여 어느새 나는 라오스에 아주 진하게 물들어 버렸다. 이곳을 떠나도 명절에 고향을 향하듯 자꾸만 찾아올 것 같다.

YONEX
ISUZU
ກຳແພງນະຄອນ
ບກ 0171

# 이타주의자, 티 아저씨

## ພີ່ລຸງທີ, ຜູ້ເສຍສະຫຼະ

남쏭 레스토랑에서 만난 잉글랜드 출신의 제시는 '오가닉 팜'이 방비엥에서 가장 인상적이었다고 했다. 친환경 농법으로 재배한 식자재로 만든 음식을 파는 곳으로 멀베리 셰이크가 정말 맛있다며 추천했다. 좀 더 알아보니 오가닉 팜은 레스토랑, 게스트하우스와 유스 센터 등을 함께 운영하는데 방비엥 시내에서는 조금 떨어져 있지만 여행객들 사이에서는 제법 유명한 곳이었다. 게다가 오가닉 팜의 유스 센터에서는 봉사자를 모집해 라오스 아이들에게 영어를 가르치는 등 의미 있는 일도 했다. 학교가 방학일 때도 라오스 아이들을 만날 수 있는 기회를 찾아보던 중이 었기 때문에 혹시나 싶어 오가닉 팜에 찾아갔다. 유스 센터 담당자는 바로 며칠 전 외국인 봉사자 한 명이 빠졌다면서 나를 반갑게 맞이했다. 몇 차례 봉사 활동을 다니면서 오가닉 팜은 '미스터 티'라고 불리는 라오스 사람이 설립해 운영하는 곳이라는 것을 알게 됐다. 열악한 라오스에서 이런 곳을 만들어 운영하는 사람은 어떤 사람일지 궁금해졌다. 얼굴이라도 볼 수 있을까 싶어 유스 센터를 나와 둘러보는데 레스토랑에 앉아 있는 여행객들 사이에 내가 똘똘이라고 부르는 학생 뚜이가 있었다.

"뚜이, 오랜만이야!"

"다오 선생님, 안녕하세요! 여기 왜 오셨어요?"

"응, 방학 잘 보내고 있지? 선생님은 미스터 티를 찾아왔어."

"티 아저씨요? 농장에 염소 키우는 곳으로 가보세요."

아침 햇살이 내리쬐는 농장으로 들어가 염소가 그려진 표지판을 따라 계단으로 올라가니 햇살을 등지고 염소에게 먹이를 주고 있는 남자가 보였다. 가까이에서 보니 언젠가 시내 결혼식에서 봤던 얼굴이다. 간단하게 내 소개를 하고 오가닉 팜에 대한 이야기를 듣고 싶다고 말하니, 점심 식사에 나를 초대해주었다. 티 아저씨와 나는 염소 치즈 샌드위치와 싱싱한 채소가 풍성하게 차려진 식탁을 사이에 두고 앉았다. 라오스인 특유의 선한 인상을 가진 티 아저씨를 보니 금세 마음이 열려 이런저런 이야기를 나누게 됐다. 티 아저씨는 어렸을 적에 국비 유학생으로 불가리아와 독일에서 생명공학을 공부했다고 한다.

"동유럽에서 공부한 건 내 인생에 큰 영향을 미쳤어. 그때 배운 것을 지금까지 써먹고 있으니까."

"그럼 돌아오자마자 이 오가닉 팜을 만드신 거예요?"

"오가닉 팜은 만든 것은 1996년이야. 유학을 마치고 라오스에 돌아와 정부 기관인 농업부에서 일했지. 오래 일하다 보니 고리타분한 곳에서 일하는 것이 싫증나더라고. 관둬야 할까 고민하다가 라오스에 들어온 국제 NGO의 기술자 자리에 지원했어. 그리고 거기에서 일하면서 그동안 잊고 지내던 것을 되찾게 됐어."

"그게 뭐예요?"

"앨트루이즘 Altruism, 이타주의."

"이타주의요?"

"그래, 나는 운이 좋아서 국비로 유학도 갔다 왔고 농업부에서 일할 땐 부족함을 모르고 살았어. 계속된 공산 개혁으로 경제는 악화되어가는데, 공무원으로서 내 삶은 아주 편했어. 하지만, 국제 NGO에서 일하면서 열악하게 살고 있는 사람들의 삶이 눈에 들어오더군. 그래서 나 혼자가 아니라 다 같이 잘사는 법을 고민하게 됐지."

"삶의 전환점이 찾아온 거네요."

"응, NGO에서 일하면서 난 이타주의자가 된 것 같아."

"처음에 오가닉 팜을 만들었을 때 힘들지는 않았어요?"

"많이 힘들었지. 새로운 일을 시작하는 것은 뭐든 힘든 법이야. 그래도 지역 주민들과 이주해 온 소수민족들이 많은 도움을 주었고 꾸준히 늘어나던 여행객과 봉사자들도 기꺼이 우리를 도와줬어. 그렇게 시간이 흘러서 오늘은 한국인 다오도 만났네."

티 아저씨는 자신의 이야기를 들려주며 소탈하게 웃었다. 웃을 때 주름이 잔뜩 생기는 얼굴에서 평온한 행복이 엿보였다. 후식으로 제시가 추천했던 멀베리 셰이크를 마시며 친환경 농법에 대한 이야기를 이어갔다. 티 아저씨는 직접 봐야 친환경의 본질을 알 수 있다며 나를 염소 우리로 데리고 갔다. 그리고 질서정연하게 놓인 바구니 안에서 한 움큼의 흙을 집어 나에게 내밀었다. 역한 냄새가 훅 풍기는 흙 속에서 지렁이가 꿈틀거렸다.

"처음 오가닉 팜을 열었을 때, 땅이 거칠고 메말라 다루기 힘들었는데 이 거름을 사용하니 땅이 서서히 부드러워지고 점점 살아 숨쉬기 시작했어. 오가닉 팜에서 친환경 농법을 실천하면서 생명이 있는 것들은 모두 다 연결되어 있다는 걸 깨달았지. 지렁이가 땅을 가꾸고, 그 땅에서 자란 농작물을 인간이 먹고, 그리고 인간은 죽어서 흙으로 돌아가지. 지구상에 어느 하나 연결되어 있지 않은 것이 없어. 그래서 만물이 소중한 거야."

교과서에 나올 것 같은 뻔한 말인데 식상하지도, 작위적으로 들리지도 않는다. 직접 몸으로 깨달은 진리를 전달하는 이타주의자의 눈빛은 더 없이 진지했다.

어느새 진하게 물들다

친환경 농법을 실천하는 오가닉 팜.
이타주의자 티 아저씨는 지역 사회와 나라의 미래를
고민하는 사람이었다.

# 방비엥 주민으로 거듭나다

## ຊ່ວຍເຫຼືອຊາວວັງວຽງ

아이들을 가르치는 것도 중요하고 기쁜 일이지만 티 아저씨를 만나니 직접 흙을 만지고 땀을 흘리는 일을 해보고 싶어졌다. 하지만 티 아저씨는 우기라서 오가닉 팜 농장에는 딱히 내가 할 일이 없다면서 새로운 제안을 했다.

"다오, 서울에서 태어나고 자랐으면 평생 도시에서 산 거야? 그럼 벼농사는 해본 적도 없겠네?"

"그렇죠."

"쌀을 먹고 사는 사람이라면 모내기는 해봐야지. 지금 방비엥은 모내기 철이라 한창 일손이 부족할 거야. 방비엥에서 1년이나 살았으면 너도 여기 주민이야. 이제부터라도 지역사회에 동참하라고."

모내기를 도울 수 있는 곳이 있을지 학교 선생님 몇 명에게 물어보니 티 아저씨의 말처럼 한창 바쁠 때라며 서로 소개해주겠다고 야단이다. 수학을 가르치는 분타워 선생의 친척집에서 모내기를 한다면서 함께 가자고 한다.

다음 날 분타워 선생 집에 모인 사람들과 모내기 할 장소로 출발했다. 숲을 지나 나지막한 고개를 두어 개 넘어가니 여행객들로 가득한 왁자지껄한 방비엥 시내와는 다른 지역인 것처럼 한적하고 넓은

논이 이어졌다. 도착해보니 이날 모내기를 하기 위해 모인 20명 중에는 방비엥중학교 아이들도 있었다. 뚝띠와 씽. 둘 다 학교에서는 반갑게 장난치며 인사하는 사이인데 방학 중에 밖에서 만나니 라오스 아이들 특유의 수줍은 미소를 보인다. 아침 7시가 조금 넘은 시간인데 더 더워지기 전에 시작해야 한다며 다들 급하게 논으로 들어갔다. 사실 대학 때 그 흔한 농활도 가본 적이 없는 나는 모내기를 해보기는커녕, 실제로 보는 것도 처음이었다. 그래도 초보라는 것을 들키고 싶지 않아 체면을 지키기 위해 되도록 뚝띠와 씽이 있는 곳에서 멀찌감치 떨어진 곳에 자리를 잡았다. 근처에 있는 아저씨와 아주머니가 모내기 하는 모습을 곁눈질해보니 그다지 어려운 것 같지 않다. 팔을 걷어붙이고 흉내를 내 허리를 굽히는데 주변 사람들의 속도를 따라 잡을 수 없다. 옆 줄에서 모를 심던 아주머니는 내가 초보자인 걸 금세 알아보고 하나하나 찬찬히 가르쳐주었다.

"다오, 정말 모내기가 처음이구나. 일하는 네 모습이 너무 웃겨. 엄지와 검지를 사용해서 이 정도 깊이로 심어야 해."

나의 어설픈 동작을 보고는 배꼽 잡고 웃는 아주머니 때문에 초보 모내기 실력이 탄로나버렸다. 뚝띠와 씽도 내가 호되게 신고식을 당하는 것을 보고는 재미있어하는 얼굴이다.

점심은 찹쌀밥, 구운 민물고기에 각종 야채를 곁들인 소탈하지만 푸짐한 라오스 가정식. 모내기를 할 때 아이들을 의식하느라 허리도 한 번 못 폈는데, 밥을 먹으면서 보니 방비엥의 산세가 한눈에 들어온다. 언제 봐도 아름답고 장엄한 풍경이라고 감탄하고 있는데 뚝띠와 씽이 내 곁에 앉는다.

"학교 가서 친구들한테 선생님 모내기 엄청 못한다고 소문 낼 거예요."

"안 돼, 내가 너무 창피하잖아."

"그럼 더 열심히 하시면 아무에게도 말 안 할게요."

요것들, 아까는 그렇게 수줍어했으면서. 내 형편없는 모내기 실력을 보고 나선 깜찍한 협박까지 한다. 점심을 먹고 다시 모내기를 시작하는데 이마에서 흐르는 땀을 주체할 수 없고, 걷어붙인 팔다리는 온통 흙투성이라 질펀한 논의 진흙과 구분이 되지 않을 정도다. 꼬질꼬질해진 내 모습을 보며 분타위 선생님 내외가 모내기가 끝나면 품삯을 받아가라며 말을 건다.

"품삯이라뇨, 안 받아도 돼요."

"더운 날씨에 이렇게 고생했는데. 내일 아침에 일어나 온몸이 쑤시면 생각이 달라질 걸요?"

"정말 괜찮아요. 제가 좋아서 온 거니까요."

오늘따라 비가 내리지 않아 기온은 점점 올라가자, 다들 힘이 부치는지 오전보다 수다가 늘었다. 들어보니 함께 모내기 하는 사람 중 1명인 쌩드안 씨네 모내기는 내일 있다고 한다. 분타워 선생이 나에게 품삯 이야기를 하길래 다들 돈을 벌려고 일하러 온 건가 싶었는데, 서로 돌아가며 품앗이를 하는 중이란다. 하지만 나에게는 품앗이를 해주고 싶어도 논밭이 없으니 분타워 선생은 품삯을 받아야 한다고 고집한다.

"그럼 다오 선생, 품삯 대신 수확하면 쌀 한 말 줄게요."

쌀 한 말이나 받을 만큼 제대로 한 사람 몫의 일을 했는지 모르겠다. 모내기에 방해나 되지 않았으면 다행이겠다 싶다. 가만히 있지 못하는 성격이라 라오스에서 와서 안 해본 것 없이 지냈다고 생각했는데, 한국에서도 충분히 할 수 있었을 모내기에 특별한 의미를 부여하게 된다. 잠시 머물다가 떠날 외국인이 아닌 평범한 동네 사람으로 받아들여진 것 같은 기분이 들어 몸은 고되지만 오늘 하루가 유달리 특별하게 느껴진다.

라오스까지 와서 모내기라니!

## 물에 젖은 지폐를
## 손에 쥔 아이들

## ເດັກທັງຫຼາຍຖື
## ເງິນປຽກນ້ຳໃນມື

승려들이 3개월의 수행을 마치는 10월 보름이 되면 수행에 힘쓴 승려들과 농사를 마무리하는 농부들의 고생을 위로하기 위해 억판사 축제가 열린다. 이때 꼭 치르는 의식이 있다. 바나나 잎사귀를 바구니 삼아 꽃으로 화려하게 치장한 장식인 '카통'을 가지고 성스러운 어머니의 강이라고 부르는 메콩강으로 간다. 그리고 메콩강에 카통을 띄우며 카통에 담긴 나쁜 기운은 떠내려가고 새해에는 행운이 가득하기를 기원하는데 이 행사를 '러이카통'이라고 한다. 카통에 초를 달기 때문에 억판사 축제 때 밤에 메콩강에 가보면 수많은 카통이 강줄기를 따라 반짝이며 움직이는 모습이 한강의 야경만큼이나 화려하고 아름답다.

그리고 이 시기 메콩강에 가면 특별한 임무를 수행하는 소년들을 볼 수 있다. 열 살 정도 된 소년들이 제대로 물살을 타지 못하고 헛도는 카통이 강물을 따라 잘 흘러내려갈 수 있게 강에 들어가 카통의 위치를 잡아 다시 흘려 보낸다. 메콩강을 따라 빛나며 흘러가는 카통의 수만큼이나 소년도 많다. 우기가 끝나가는 서늘한 밤, 강물에 젖은 소년들은 사람들의 간절한 바람을 돕는 역할을 하면서 돈을 버는 것이다. 이들 중에서 더 빠르고 능숙하게 수영하는 아이가 더 많은

어느새 진하게 물들다

카통을 흘려 보낼 수 있어 사뭇 경쟁이 치열하다. 소년들은 우리나라 돈으로 100원, 200원 될까 하는 500킵, 1000킵 지폐를 주머니에 넣고 작은 몸을 바르르 떨면서 강으로 들어간다. 지폐는 당연히 홀딱 젖을 테고, 다음 날 아침에 해가 뜨면 소년은 작은 집 마당에서 지폐를 말리겠지. 다른 사람들은 새해의 복을 기원하는 축제의 날, 가난한 아이들은 이런 식으로 돈을 벌고 있다. 화려한 불빛의 카통 사이를 헤엄치는 아이들을 보는데 마음이 편하지만은 않다.

작년 이때쯤 비엔티안에 있는 사원 탓루앙에서 열린 축제에서 본 소녀가 떠올랐다. 10월 보름에 억판사가 열린다면, 11월 보름에는 사흘간 탓루앙 축제가 열린다. 지금은 외국의 원조로 13번 국도가 잘 정비되어 버스를 타면 라오스 어디에서든 하루 정도면 갈 수 있는 곳이 되었지만 10년 전만 해도 탓루앙 축제를 보기 위해 짧게는 이삼 일, 길게는 일주일 정도 걸려 비엔티안에 왔단다. 불심 깊은 라오스 사람들에게 얼마나 걸리느냐는 중요하지 않았을 것이다. 왜냐하면 탓루앙 축제는 라오스 사람이라면 평생 한 번은 해야 하는 성지순례와도 같기 때문이다. 사람들은 이 축제를 통해 마음을 정화시키고 안식을 얻는데, 축제의 마지막 날이면 수천 명이 탓루앙에 모여 아침 공양을 드린다.

나는 축제가 끝나고 사람들이 거의 없는 탓루앙을 찾았었다. 탓루앙 주변에 바쳐진 수많은 꽃을 보니 얼마나 많은 사람이 다녀갔는지 짐작이 됐다. 그리고 그곳에서 아직 쓸 만한 꽃들을 고이고이 모으고 있는 가녀린 소녀를 보았다. 사람들이 정성스럽게 바친 꽃 중에 아직 상품 가치가 있어 보이는 것들을 다시 어딘가로 가져가 팔 요량인 것 같았다. 그 모습은 영악해 보이기도, 애처로워 보이기도 했다. 그 소녀가 누군가에게 꾸지람을 듣거나 절도 행각을 벌이는 것으로 보이진 않을까 불안한 마음이 더해져 근처에 있던 탓루앙 관리자에게 물었다.

"저대로 가져가게 둬도 될까요? 그냥 걱정이 돼서."

"저 꽃은 다른 곳에 팔려가 또 다른 사람들의 기원에 쓰이게 될 거예요. 중요한 것은 기원하는 자의 마음이랍니다."

그때의 관리자가 특별히 너그러웠던 건지는 모르지만, 적어도 라오스 사람들의 눈에 그 소녀의 모습은 남의 꽃을 훔친다기보다는 자연스러운 모습으로 보였던 것이다. 그 이후 라오스 아이들의 삶을 연민의 눈빛으로 바라보지 말자고 결심했는데, 난 오늘도 메콩

몸집도 작은 아이들이 몸을 파르르 떨며
화려한 불빛의 카통 사이를 헤엄친다.

강에서 소년들을 안타까운 마음으로 보고 있다.

라오스에서 보내게 될 남은 시간을 스스로 응원해야겠다는 생각이 들어 카통을 하나 샀다. 많은 소년 중에서 루앙남타에서 만난 친구, 가이드 완과 닮은 눈빛을 한 소년을 불렀다. 내 카통을 먼저 떠내려 보내주고 오면 돈을 주겠다고 말했다. 어차피 다른 사람의 카통을 떠내려 보내기 위해 강에 다시 들어가면 홀딱 젖겠지만, 빳빳한 지폐를 손에 쥐어주고 싶었다. 소년이 내 말을 알아듣고 고개를 끄덕이더니 잽싸게 카통을 들고 강으로 들어간다. 메콩강 위로 사람들의 오색영롱한 기원들이 찰랑이며 떠내려가고 있었다.

## 얘들아,
## 밥 좀 같이 먹자

## ນ້ອງໆ ,
## ໄປກິນເຂົ້ານຳກັນ

처음 라오스에 왔을 때 등굣길 풍경이 꽤 인상적이었다. 왠지 라오스의 학생들은 포장도 안 된 시골길을 걷고 또 걸어서 학교에 올 것 같았는데, 자전거를 타고 오는 아이가 생각보다 많았다. 부모님이 직접 바래다주는 아이도 많아서 출근 시간 도로에선 앞뒤로 아이들을 태운 오토바이를 쉽게 볼 수 있다. 사실 워낙 멀리서 등교하는 아이가 많으니 이렇게 바래다주는 것이 이상한 일은 아니다. 그리고 점심시간이 되면 아이들은 다시 집으로 돌아간다. 라오스의 학교에서는 따로 단체 급식을 하지 않기 때문에 집에 돌아가 밥을 먹고 다시 학교에 와서 오후 수업을 받는 것이다.

하지만 방비엥중학교 전교생 1000여 명 중에 100여 명은 점심시간에 집에 가지 않고 학교에 남는다. 남아있는 아이들은 집과 학교가 멀어서 다녀올 수 없는 소수민족 아이가 대부분이다. 아침에 부모님이 도시락이라도 싸주면 다행이지만, 먹을거리를 싸 오는 아이는 정말 몇 안 된다. 대부분의 아이는 학교 앞 가게에서 200원도 되지 않는 가격에, 간에 기별도 안 가게 생긴 '카오너이(나물과 섞인 밥이 주먹만한 크기의 봉지에 담겨 있다)'를 사 먹거나 과자나 물로 점심을 해결한다. 그게 그동안 보아온 방비엥중학교의 점

어느새 진하게 물들다

심 풍경이었다.

점심시간에 집이 멀어 제대로 밥을 먹지 못하는 학생이 대부분 소수민족이라는 것을 알게 되자 가능하면 밥을 같이 먹어야겠다는 생각이 들었다. 도시락 100인분을 싸 올 수는 없었지만 여유가 되는 대로 찹쌀밥, 말린 돼지고기, 나물 무침을 되도록 많이 싸 오기로 했다. 그런데 이렇게 많은 밥을 나눠먹을 아이들을 모으는 것도 문제였다. 출석부를 만들고 아이들의 이름을 자연스럽게 부르게 됐지만, 여전히 내가 인사하면 몸을 배배 꼬는 아이들. 아이들의 수줍은 태도에 익숙하지만, 체육 수업에 들어온 적이 없는 소수민족 아이들은 나를 더욱 어색해한다.

"인말라! 밥 먹었어? 안 먹었지? 같이 먹자."

"……"

"펀싸이, 캔이랑 같이 와. 밥 먹자!"

"……"

밥 안 먹는 아이 뒤를 숟가락 들고 따라다니는 엄마처럼 끈질기게 한 사람씩 불러 모았다. 그렇게 첫날에는 9명, 일주일이 지나니 15명이 점심을 함께했다.

오늘은 식사를 하고 아이들과 축구를 했다. 공 하나를 던져줬을 뿐인데 조금 전 부끄러워하느라 밥을 먹지 않은 아이들까지 모여 함께 뛰고 있다. 점심시간에 집에 가지 않은 아이들은 모두 운동장에 나온 것 같다. 대개 한 반에 10명 가까운 소수민족 학생이 있지만 모든 수업에서 손을 들고 질문하거나 대답하는 아이들은 라오족이다. 내 수업에서도 게임을 이끌어가는 학생들은 언제나 라오족이다. 팀을 나눴을 때 주장을 맡는 아이도 항상 라오족이고, 경기를 하다가 의견이 대립해도 목소리가 큰 쪽은 언제나 라오족이다. 얼마 전에도 게임 위주의 수업을 할 때 반칙을 했다, 아니다로 말다툼 비슷한 상황까지 갔는데 라오족 학생들 앞에서 소수민족 학생들은 쉽게 주장을 굽혔다. 이런 식으로 소수민족 학생들은 어떤 수업에서든 자신들이 소수란 이유로 앞에 나서는 것을 두려워하는 편인데 이날 보니 위축된 아이 하나 없이 활발하게 뛰어다닌다. 과연 같은 아이들이 맞나 싶었다. 평소에 눈치 보느라 위축되어 있었던 건 아닐까. 오늘처럼 소수민족 학생들이 눈치 보지 않고 수업을 할 수 있다면 얼마나 좋을까.

"사완, 점심시간에 매일 축구 할래?"

"더운데……"

"에이, 아까 잘 뛰어 다니던데?"

"음, 좋아요."

"대신 내일부터는 나랑 도시락 같이 먹기다!"

비정규 교과인 체육을 가르치는 나는 이렇게 또 다른 비정규 수업을 만들었다.

체육 수업에는 참여한 적이 없지만 점심을 같이 먹으면서 친해진 아이들.

왜 학교에
돌을 가져왔어?

ເອົາກ້ອນຫີນມາ
ໂຮງຮຽນເຮັດຫຍັງ?

라오스에 온 지 얼마 되지 않았을 때, 땡볕에서 체육 수업을 하는 게 힘들어서 그늘 한 점만 있으면 좋겠다는 말을 달고 살았다. 간절한 마음에 코이카 사무소에 체육관 건축과 관련된 제안서를 내보기도 했는데 보기 좋게 탈락. 학교에도 몇 번 건의했지만 돈이 없어 운동장에 있는 나무를 뽑는 나라에 무얼 기대할 수 있겠냐는 마음으로 체념했다.

하지만 몇 달 전, 청소년 봉사단이 벼룩시장을 해서 모은 돈 250달러를 방비엥중학교 학생들이 운동할 수 있는 체육 시설을 짓는 데 써달라고 기부하면서 사정이 달라졌다. 외국에서 온 어린 학생들도 작은 손으로 돈과 마음을 모았는데, 학교 입장에서도 할 수 있는 데까지 스스로 공사를 해보자는 생각을 한 것 같다. 체육관이 만들어지면 나도 수업할 때 자주 이용할 테니, 비상금으로 모았던 250달러를 기부했다. 제대로 된 실내 체육관을 만들기는 어렵겠지만, 운동장 한편에 흙먼지가 일어나지 않는 배구 코트를 하나 세울 수 있게 됐다.

그리고 바로 오늘, 공사가 시작되는 날이다. 교장 선생님께서 일손이 부족하니 내게 공사에 적극 참여해달라고 부탁하셨는데 설레서

잠도 안 왔다. 잠 못 이루는 밤을 보내고 학교로 가는 길, 아이들과 인사를 나누는데 다들 울퉁불퉁한 비닐봉지를 들고 있었다. 가슴팍에 비닐봉지를 안고 가는 여자아이도 있고, 자기 머리보다 큰 봉지를 끌다시피 낑낑거리며 들고 가는 키가 작은 몽족 아이도 보였다.

"그거 뭐니?"

"돌이요."

"왜 무겁게 돌을 가져왔어?"

"선생님이 가져오라고 했어요. 한 사람당 한 봉지씩."

학교에 거의 도착했을 때쯤 뚜이를 만났다. 뚜이의 봉투를 열어보니 돌과 자갈이 수북하게 담겨 있다.

"뚜이, 왜 돌을 가져오라고 한 줄 알아?"

"오늘부터 공사를 한대요. 그래서 전교생이 공사에 쓰일 돌을 가져오는 거예요."

공사 비용이 아무리 모자란다고 해도 학생들까지 동원하다니. 학교측의 태도가 이해가 되지 않는다. 교장 선생님도, 교감 선생님도 자금이 부족하면 학교 운영비에서 충당할 것이라고 호언장담하지 않았던가. 바로 교무실로 달려갔다.

체육 실습장을 짓기 위해
돌을 들고 등교하는 중.

"선생님, 왜 아이들이 돌을 들고 등교하죠? 돈이 부족하면 학교 운영비에서 충당하기로 하지 않으셨어요?"

"사실 운영비가 많이 모자라."

"그래도 집이 먼 학생들도 있는데 어린아이들에게 너무 힘든 일을 시키신 거 아닌가요?"

"여태까지 그래 왔듯이, 선진국이 하나부터 열까지 다 도와주면 우리도 좋지. 하지만 이왕 하는 거 우리의 힘만으로 제대로 하고 싶어. 이번 공사는 방비엥중학교 전교생이 참여하는 축제라고 생각하고 있어. 다오 선생도 조금 다르게 생각해보면 어떨까?"

옆에서 교감 선생님이 농담 반 진담 반으로 한마디 거든다.

"한국의 아이들은 학교가 끝나면 학원에서 또 공부를 한다고 그랬지? 거기와 다르게 라오스에서는 중학생 정도 되면 누구나 이런 일을 하면서 큰다고. 대부분의 남자애가 농사도 짓고 집 수리도 직접 해. 그리고 다오 선생, 방비엥에는 돌이 굉장히 많다고."

NGO에서 단체로 우르르 몰려와 뚝딱뚝딱 번듯한 건물을 지어주고 아이들은 그저 "와~" 하고 소리지르며 기뻐하고 현수막을 들고 관계자들이 사진을 찍는 것으로 마무리. 이런 원조가 지속되면 빈곤한 국가의 자립심은 사라지고 언제까지나 가난이 계속될 뿐이라고 생각해왔다. 그런데 나는 순간적으로 또다시 내가 가진 좁은 시야에 매몰될 뻔했다. 교장 선생님, 교감 선생님과 이야기를 나누고 머쓱해진 기분으로 교무실을 나와 운동장을 내다보니 아이들은 무슨 놀이라도 하는 것처럼 비닐봉지를 뒤집어 돌을 쏟아낸다. 시멘트 작업을 하기 전에 튼튼한 하부를 만들 수 있게 바닥에 돌을 골고루 까는 것이다. 순식간에 운동장 한편에 돌 바닥이 펼쳐진다. 별다른 장난감 한번 쥐어보지 못하고 산과 강을 놀이터 삼아 자라온 아이들. 길거리에 세워진 툭툭은 남자아이들의 자동차, 부러진 나뭇가지와 진흙은 여자아이들의 소꿉놀이 세트였겠지. 그렇게 자라온 라오스 아이들이 공사가 준비되는 운동장을 순식간에 놀이터로 만든다.

남자 선생님들과 15명의 3학년 남학생들 위주로 공사가 진행됐다. 소수정예로 뽑힌 3학년 학생들은 마치 영화 〈300〉에 나오는 스파르타 전사들 같다. 교감 선생님의 말씀처럼 집을 짓고 벼를 베고 소를 몰면서 시골에서 자란 이 녀석들은 체육 선생인 나보다 훨씬 괜찮은 인력이다. 나도 몸 쓰는 일이라면 안 해본 아르바이트가 없는데 이 아이들 앞에서는 그저 도시에서 곱게 자란 청년일 뿐이다. 삽질을 해도 시멘트 포대를 날라도 거추장스러운 짐이 된 것 같다. 공사에 직접 참여하지 않는 저학년 아이들도 공사장 주변을 어슬렁거린다.

"집에 안 가?"

"구경할 거예요."

"지금 뭐 만드는 건 줄은 알아?"

"네! 체육장요."

"여기에서 수업하면 어떨 거 같아?"

"좋을 거 같아요. 먼지도 안 나니까 더 신나게 뛰어 놀아도 되잖아요."

복잡한 공사가 아니다 보니 사흘 만에 공사가 끝나 마지막 날 완공 기념 파티를 열기로 했다. 시루떡이라도 놓아야 할 것 같지만, 그건 구하기 힘들고 공사장에서 아저씨들이 막걸리를 마시는 모습을 본 기억이 나 비엔티안에 있는 한국 마트에서 막걸리 한 상자를 주문했다. 막걸리에 어울리게 안주는 두부김치를 준비했다. 달고 시큼한 두부김치는 라오스 사람들 입맛에도 잘 맞는지 인기만점이었다. 선생님들은 내게 술을 따라주며 고맙다고 했다.
"다오 선생이 없었으면 학생들에게 이런 게 필요하다고 느끼지 못했을 거야. 직접 지을 생각은 더 못했겠지."
"제가 한 일은 없어요. 3학년 아이들이 만든 거죠."
"한국으로 돌아가기 전까지 여기에서 체육 수업 즐겁게 해봐."

산티 선생의 말을 듣고 생각해보니 한국에 돌아갈 날이 반년 남았다는 게 새삼 실감난다. 산티 선생은 나무젓가락을 내밀며 덜 마른 시멘트에 흔적을 남기라고 부추겼다. 덜 마른 시멘트 냄새에서 이유를 알 수 없는 뿌듯함과 찡한 감정이 밀려왔다.

체육 실습장을 만드는 날. 뭐가 그리 신이 났는지 돌을 들고 등교하는 것조차 놀이로 만들어버린 아이들.

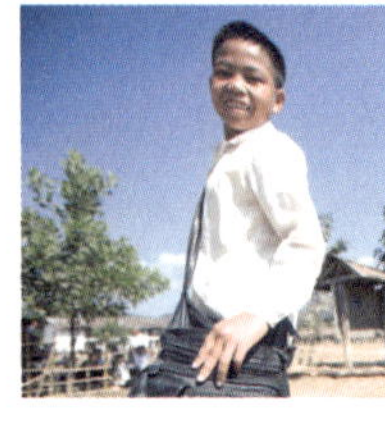

# 라오어 가르치기?
# 내가?

## ຂ້ອຍນີໃດ
## ສອນພາສາລາວ?

짜이디 바에서 오랜만에 피터를 만났다. 피터는 노이스 게스트하우스 주인으로, 라오스 여자와 약혼한 후 이곳에서 사는 뉴질랜드인이다. 과묵하지만 진지한 면이 마음에 들어 아룬 형만큼 내가 따르는 사람이다.

"요즘 어떻게 지내요? 가게는 잘돼요?"

"가게야 뭐 그럭저럭 되지. 그런데 다오, 좋은 소식이 하나 있어."

"무슨 좋은 일인데요?"

"노이가 임신을 했어."

"오, 실수한 거예요?"

"엄청난 실수를 했지! 하하하. 항상 아이를 가지려고 했는데 생각만큼 쉽지 않더라고. 나는 노이를 사랑해. 이제야 사랑의 결실을 맺은 거지."

약혼만 하고 두 사람이 동거한 지 5년이 지났기 때문에 2세 생각은 없는 줄 알았는데 축하할 소식이었다. 국적이 다르고 나이 차이도 많이 나는데 그런 건 전혀 개의치 않고 알콩달콩한 사랑을 해온 두 사람이기에 나 역시 기뻤다. 그런데 피터가 나에게 뜻밖의 제안을 했다.

"다오, 나에게 라오어를 가르쳐줄래?"
"네? 노이가 영어를 잘해서 별 탈 없이 잘 살았잖아요. 그리고 왜 저예요? 전 라오스 사람도 아닌데."
"물론 너는 라오스 사람이 아니지. 하지만 내가 7년 동안 라오스에서 본 외국인 중에서 라오어를 가장 잘해! 그리고 다오는 라오어를 영어로 표현할 수 있잖아."
"그런데 라오어는 왜 갑자기 배우려고요?"
"우리 아기에게 미안해져서. 그래도 어머니가 라오스 사람인데 아버지가 이렇게 라오어를 못해선 안 되지. 라오스에 온 지 7년이 되었지만 한마디도 못 한다는 게 창피할 정도야! 이제라도 라오어를 배우고 싶어."
피터는 잠깐 기다리라더니 의욕적인 모습으로 몇 권의 라오스 동화책을 꺼내 왔다. 라오스에서 구전되어 내려오는 이야기들을 묶은 어린이를 위한 책인데 글씨라곤 오직 라오어뿐이다. 아, 이 그림같이 꼬불꼬불한 글씨들. 사실 회화 위주로 공부해왔던 터라 단순한 단어들도 예습하지 않으면 독해가 빨리 되지 않아서 가르치기가 쉽지 않을 것 같았다. 하지만 피터의 각오가 굉장히 감동적으로 다가왔다. 남자는 아버지가 되면서 변한다는데, 바로 이게 그런 변화로구나. 이런 남편을 둔 노이는 얼마나 행복할까. 그리고 아이는 뉴질랜드인 아버지의 마음을 알게 되면 얼마나 기쁠까. 예비 학생은 의욕이 넘치는데, 문제는 내가 라오어를 가르칠 만한 실력이 못 된다는 것이다. 전에 피터의 가게에 도난 사고가 났을 때, 같이 경찰서를 찾아가 도와주긴 했다. 그리고 몇 번 결혼식 같은 행사에 가서 피터 옆에서 통역사 역할을 하기도 했다. 아마도 그런 기억 덕분에 이런 청을 한 것 같은데, 선뜻 그러자는 말이 안 나온다. 망설이는 나를 보더니 피터가 수업료는 식당에서 파는 식사와 과일 주스라고 말했다.

"그래요, 해요. 기초회화 정도는 어렵지 않을 것 같아요!"

먹을 거에 홀랑 넘어간 나는 동화책 몇 권을 받아 들고 집으로 돌아와 사전을 찾아가며 피터를 위한 라오어 수업 자료를 준비했다. 그렇게 몇 번 수업을 진행했는데 피터가 워낙 의욕적이기도 했고 7년 동안 라오스에서 살면서 귀동냥한 것도 효과가 있는 것 같았다. 그리고 무엇보다 피터를 가르치면서 내 독해 실력과 쓰기 실력이 눈에 띄게 좋아졌다. 가끔은 내 라오어 실력이 꽤 괜찮다는 생각까지 들었다. 나는 점점 자신감이 붙어 욕심이 생겼다. 체육관과 체육 교재, 방비엥중학교에서 수업을 하면서 아쉬웠던 이 두 가지 중에 한 가지는 얼마 전 소박하게나마 해결됐다. 그럼 체육 교재는 내가 직접 만들어볼까?

피터, 노이의 2세 탄생을 축하합니다!

# 50쪽짜리 체육 교재의 탄생

ບົດຮຽນພາລະສກສາ

라오스로 여행 온 다양한 국적의 사람들을 만나서 비어라오를 마시며 대화를 하는 건 소소한 즐거움이다. 방비엥 여행자 거리에 있는 레스토랑이나 술집에 잠깐만 앉아 있어도 순식간에 두세 명의 외국인 친구를 사귈 수 있다. 유일하게 라오어가 아닌 영어로 대화할 수 있는 시간이기도 하다. 하지만 나는 요즘 그 즐거움을 완전히 포기하고 집에 들어앉아 라오어 사전과 씨름하며 공부하고 있다. 피터를 가르치는 게 생각보다 쉽지 않아서 시간을 더 투자하게 되고, 피터가 성장하는 만큼 내 라오어 실력도 늘어나는 게 느껴져 공부에 재미가 붙기도 했다. 그래서 학교에 있는 시간을 제외한 모든 시간을 체육 수업과 피터를 위한 라오어 수업 준비에 투자하는 중이다. 그런데 교장 선생님이 2주 뒤에 라오스국립체육대학교 학생들이 방비엥중학교로 교생 실습을 나온다는 소식을 전해주었다. "작년에는 교육대학교에서 오지 않았나요? 올해는 왜 체육대학교 학생들이 와요?"

"우리 학교에는 다오 선생이 있잖아. 아마 다오 선생의 수업에도 공동 수업을 진행할 교생이 들어갈 거야."

갑자기 부담스러워진다. 10명, 20명의 중학생 아이들만 데리고 수업을 할 때와는 다르게 교생 실습을 나온 대학생들에게는 전문적인 지식을 전해줘야 할 것 같다. 그동안 계속 고민만 해온 라오어로 된 체육 교재 만들기에 진지하게 도전할 때가 된 것이 아닐까? 심오한 이론을 담지는 못해도 방비엥중학교, 아니 라오스의 어떤 선생님이라도 재미있는 체육 수업을 진행할 수 있는 쉽고 실용적인 책을 만들자. 체육대학교에서 온 학생들에게도 책을 만들 때 도움을 받을 수 있을 것 같다는 기대도 해본다. 일단은 체육 수업을 하기 전에 체조와 스트레칭, 스포츠와 게임을 조합한 레크리에이션 등을 그림과 자세한 설명으로 담기로 하고 홀로 체육 교재 만들기에 돌입했다. 얼마 뒤 실습을 온 교생들과 공동수업을 하거나 식사를 하며 친분을 쌓아갔다. 그중에도 서글서글한 인상에 졸린 듯한 눈매를 가진 졸업반의 싸완은 라오스 북부의 사이냐부리라는 시골 중 시골 출신으로 유난히 적극적인 학생이었다. 공동 수업 시간에도 항상 열정적이었고, 식사 시간에도 나에게 폭풍같이 질문을 쏟아냈다. 그의 과한 열정이 약간 부담스럽긴 했지만, 특수체육학과에 진학해 열정적으로 공부하던 내 모습이 생각나 기특한 마음도 들었다. 그런데 어느 날 이른 아침부터 낯선 번호로 전화가 왔다.

“누구세요?”

“다오 선생님, 싸완입니다.”

“아, 무슨 일이에요?”

“오늘 학교 안 와요? 와서 배구 좀 가르쳐주세요.”

“오후 수업이라서 지금은 못 가요.”

다짜고짜 용건부터 말하는 싸완의 모습에 기분이 상했다. 무언가를 부탁하는 태도치고는 너무 강압적으로 느껴지기도 했다. 아침 일찍 일어나 라오어 공부를 하고 있던 흐름이 확 깨져 불쾌하기도 했다. 밥이나 먹고 들어와서 다시 해야겠다는 생각에 밖으로 나왔다. 쌀국수집에 가려고 학교를 지나는데 울타리 너머로 학생들을 지도하고 있는 싸완이 보였다. 나는 조금 전 퉁명스럽게 전화를 끊었던 게 마음에 걸려 자전거의 방향을 돌려 학교로 들어갔다.

“싸완, 점심에 누구랑 밥 먹어요?”

“학교 친구들이랑 같이 먹으려고요.”

“특별한 일 없으면 나랑 먹을래요? 점심 살게요.”

우리는 쌀국수집으로 갔다. 아까의 통화할 때의 내 반응에 민망했는지 싸완은 말없이 국수만 먹었다. 나는 국물까지 싹 비우고 나서야 이마에 흐르는 땀을 닦으며 싸완에게 말했다.

"싸완, 왜 배구를 배우고 싶어요? 체육대학 학생이라서 잘할 것 같은데."

"그렇지 않아요. 뭐, 어렸을 때부터 많이 해서 그냥 게임은 할 수는 있지만 누구를 가르칠 정도는 못 돼요. 배구를 체계적으로 배워 사이냐부리로 돌아가면 그곳의 학생들을 잘 가르치고 싶어요."

"그래서 전화했던 거군요."

"무턱대고 부탁해서 미안하지만, 꼭 가르쳐주면 좋겠어요. 진짜 열심히 할게요."

대학교 2학년 때였나. 나는 지체장애인들을 위한 좌식 배구에 푹 빠졌었다. 장애인 체육동호회 사람들과 함께 연습을 하고 따로 배구 동아리도 들었지만 좀처럼 실력이 늘지 않았다. 아무리 대회에 나가는 게 아니라 가벼운 게임을 하는 것이라도 기본적인 실력이 있어야 잘 가르칠 수 있는데 답답했다. 그래서 수도권에 배구부가 있는 중고등학교를 검색해 무작정 찾아가 배구를 가르쳐달라고 부탁했다. 다행히 나의 열정을 기특하게 봐준 감독님을 만나 2년 정도 중고등학생들 사이에서 배구를 배웠고 제법 수준급의 실력을 자랑

할 수 있게 됐다. 만난 지 며칠이나 됐다고 무턱대고 배구를 가르쳐 달라고 부탁하는 싸완을 보니 그때의 내 모습이 떠올랐다.

“싸완, 나도 학생 때 싸완처럼 열정이 넘치는 학생이었던 게 기억나요. 배구 가르쳐드릴게요.”

“저 진짜 잘하고 싶어요. 열심히 할게요!”

“대신 제가 요즘 라오어로 뭐 좀 쓰는 게 있는데 검토해줄래요?”

그날 이후 나는 싸완의 배구를, 싸완은 나의 라오어 문장을 책임지게 됐다. 싸완은 딱딱하게 쓰인 문장이나 어휘를 체육 교재에 적합하게 다듬어주었다. 싸완의 도움을 받으니 교재 작업이 한결 수월해졌다. 교생 실습이 끝나기 이틀 전, 체육대학교 학생들에게 책을 나눠주기 위해 방비엥에서 유일하게 제본이 되는 문구점으로 달려갔다. 급하게 부탁했지만 내 수업을 듣는 학생 폰사완의 어머니께서는 운영하시는 곳이라 120권의 책을 깨끗하고 빠르게 제본해주셨다.

교생 실습을 마친 체육대학교 학생들이 졸업을 하고 라오스 어느 지역의 선생님이 됐을 때, 이 책이 그들의 수업에 작은 도움이 되길 바라며 80권의 책을 선물했다. 그리고 나머지는 방비엥중학교를 포함해 이미 체육 수업이 진행되고 있는 근처의 다른 학교들에 나누어줬다. 어설픈 라오어로 쓰인 그 책은 지금 어떻게 사용되고 있을까. 잔뜩 불법 복사되어도 좋으니 많은 사람에게 도움이 되고 있으면 좋으련만.

직접 만들었던 체육 교재.

# 하얗게 웃어줘 라오스

## 4

별로 볼 것 없는 나라라고 하지만 라오스는 어딜 가나 활짝 핀 꽃처럼 웃어주는 사람들이 있는 곳이다. 이곳 사람들의 하얗게 빛나는 미소를 지켜주기 위해 나는 새로운 프로젝트를 시작했다.

ຫ້ອງນ້ຳຊາຍ

CONVERSE
ALL STAR
STAR

## 라오스를 떠날 때가 온 걸까

## ເຖິງເວລາຕ້ອງຈາກ
## ລາວແລ້ວບໍ?

방비엥 푸캄 동굴에 갔다가 11개월째 세계 여행을 하고 있는 미국인 제이콥스를 만났다. 그동안 아프리카, 남극은 물론이고 남미 구석까지 안 가본 대륙 없이 돌아다니다가 마지막으로 아시아 쪽에 오게 됐다고 했다.

"인도를 끝으로 여행을 정리하려고. 여행을 하면서 내 인생을 걸고 하고 싶은 일이 생겼거든."

"그게 뭔데?"

"국경 없는 의사회의 의사가 되고 싶어. 사실 약학을 전공했지만 시간을 낭비하게 되더라도 의학과로 옮길 계획이야. 엄밀히 말하면 시간을 낭비하는 게 아니지. 내가 진정 하고 싶은 일을 하려는 것이니까."

"여행을 통해서 깨달은 게 많은가 봐?"

"여행 초반에 슈바이처 박사의 흔적을 찾아서 아프리카 가봉에 갔다가 콩고민주공화국에 들렀어. 수많은 전쟁 난민의 끔찍한 상황을 보니 눈물이 절로 나더라고. 그래서 난민 캠프에서 단기 봉사 활동을 했지. 거기에서 국경 없는 의사회에 소속된 의사를 만났어."

"그 사람이 살아 있는 슈바이처라도 됐나 봐?"

"정반대였어. 그 사람, 의사로서 사명감도, 봉사자로서 난민을 향한 안타까운 마음도 갖고 있지 않았거든. 그저 수천 명의 난민을 지휘하는 딱딱한 군인 같아서 좀 실망스러웠지. 험담하고 싶지는 않은데, 알아갈수록 실망스러운 부분이 많았어. 그런데 그 사람을 보면서 슈바이처를 닮은 사람이 절실하게 필요하다는걸 알게 됐어."

전 세계를 여행하고 원대한 꿈을 품은 제이콥스는 한국 나이로 따지면 아직 스무 살도 안 되는 나이의 소년이다. 하지만 여행을 통해 깨달은 바와 꿈을 이야기하는 모습은 어린 나이에 흔히 가질 만한 맹목적인 열정으로 보이지 않았다. 그는 나이답지 않게 침착하고 의젓했다.

"나도 더 많은 곳을 보면서 더 많이 배우고 싶어. 라오스에 오래 있었더니 답답해."

"글쎄, 얼마나 많은 것을 보느냐보다 한 곳을 가더라도 진정한 나를 만나는 게 의미 있는 거 같아. 이번에 여행하면서 가장 좋았던 곳이 어딘지 알아?"

"가봉? 콩고?"

"난 라오스가 제일 좋았어. 지금까지 여행을 다니면서 머릿속으로는 그다음엔 어디에 갈까 항상 고민했지. 하지만 여기는 유일하게 다른 나라가 생각나지 않고 그저 머물고 싶어. 왜 라오스가 답답하다는 건지 이해가 되지 않네. 여기에 살 수 있다는 건 축복이라고!"

• • •

라오스에 2년 가까이 머물면서 다양한 국적을 가진 많은 여행객을 만났다. 배낭 여행자의 천국이라고 불리는 나라 라오스답게 여권에 도장 50개쯤은 찍혀 있는, 여행 경험이 풍부한 여행자가 대부분이었다. 패키지 여행보다는 거창한 계획을 세우지 않고 자유롭게 오는 사람들의 비율이 높아 레스토랑이나 거리에서 만나 쉽게 어울리며 많은 이야기를 나눌 수 있었다. 국적도, 나라도, 성별도, 언어도 다르지만 여행에서 보고 먹고 느낀 것들, 그리고 여행에서 깨닫게 된 것들을 나누면서 서로가 서로의 인생 스승이 되어 다양한 삶의 의미를 공유했다.
많은 사람을 만났고, 많은 것을 보고 배우고, 나 자신이 갖고 있던 편견이 깨지고 변화하기도 했다. 나에게 그렇게 성장을 가져다 준

라오스에서의 생활을 '답답하다'고 불쑥 말해버리다니. 라오스에 온 지 20개월. 나의 몸은 이곳에 완전히 적응해버렸고 나의 마음은 무뎌진 것 같다. 더 이상 새로울 게 없다고 느끼는 나 자신을 보니 떠날 때가 왔나 싶다. 제이콥스가 여행을 정리하는 마음을 가졌듯, 이제 나도 라오스에서의 시간들을 갈무리할 때가 온 것 일까.

# 내 미래를 바꾼
# 한국의 치과의사

## ນາຍໝໍແຂ້ວເກົາຫລີ
## ປ່ຽນອານາຄົດຂ້ອຍ

나에게 주어진 라오스에서의 시간이 얼마 남지 않았다. 앞으로 3개월 정도? 이것도 군대라고 한국에 돌아가기까지 남은 디데이를 세고 있는데 자릿수가 두 자리로 바뀌니 하루하루가 감사하고 모든 사람과의 인연이 소중하게 느껴진다.

며칠 전 학교 수업을 마치고 저녁이나 먹을까 거리를 어슬렁거리고 있을 때였다. 태극기가 걸려 있는 자전거를 발견했다. 처음 라오스에 왔을 때는 라오어를 공부한다는 이유로 되도록이면 한국 여행객들과의 만남을 꺼렸다. 하지만 요즘에는 모든 인연이 특별하게 느껴져 한국인에게도 불쑥 말을 건네거나 종종 어울려 식사도 함께한다. 자전거의 주인은 중국에서부터 자전거를 타고 온 중년의 한국인 아저씨, 직업은 치과 의사란다. 부산에 있는 개인병원을 정리하고 여행 중이라고 했다.

"그럼 가족은요?"

"아내랑 유치원에 다니는 아들은 한국에 있지."

"사모님께서 이해해주시기 어려웠을 텐데."

"아내랑 약속을 했어. 내가 자전거 여행을 하는 대신 돌아오면 아내는 배낭여행을 가기로. 그런 면에서 우리 부부는 환상의 커플이지. 적당한 간격을 유지하며 서로 존중하는 사이거든."

"제 이상형이네요."

"나도 찾느라고 얼마나 고생했는데, 하하."

"치과 의사면 수입이 꽤 좋으셨을 텐데 왜 관두셨어요?"

"그렇지. 그런데 요즘 개인 병원들이란 게 먹고살려면 그게 또 무한경쟁이거든. 이윤을 남겨야 하기 때문에 과잉치료를 하는 경우도 비일비재해. 하지만 난 사람의 몸을 다루는 의사는 윤리적이어야 한다고 생각해. 한국의 치과가 점점 상업화되는 세태에 환멸이 느껴져 병원을 정리했어."

"사모님이 반대하지는 않았어요?"

"내가 말했잖아. 우린 환상의 커플이라고. 사실 고민하는 내 모습이 너무 안쓰러웠는지 아내가 먼저 이야기를 꺼내더라고. 너무 돈에 얽매이지 말고 우리 하고 싶은 거 하면서 살자고."

이름을 알 수 없는 의사 아저씨와의 이야기가 즐거워 바로 다음 날 점심도 함께했다.

"중국보다 라오스가 더 좋죠?"

"사람들이 착하고 친절해서 좋아. 미소가 아름다운 나라야."

"맞아요. 사람들은 라오스가 별로 볼 것 없는 나라라고 하지만 어딜 가나 활짝 핀 꽃처럼 웃어주는 사람들이 있는 나라가 바로 라오스예요. 이건 제가 라오스를 한마디로 표현할 때 자주 쓰는 말이에요. 가난하지만 미소로 평화로운 나라."

"그런데 말이야, 그 미소가 언젠가 아름다움을 잃을지도 몰라."

"무슨 말씀이세요?"

"방비엥에 오는 길에 몇 군데 시골 마을에 들렀어. 딱 봐도 하루 1달러 미만으로 살아가는 극단적 빈곤층이 사는 곳이었지. 다 먹고 버려진 콜라 병과 불량 식품 봉지가 눈에 띄더군."

"네. 세계화라고 해야 하나? 라오스도 급속도로 변화하는 중이니까요. 인스턴트 음식도 많이 들어오고 있죠."

"내가 치과 의사이다 보니 아이들이 그런 식품을 먹고도 양치질을 하지 않는 게 심각한 문제로 보였어. 서구적으로 바뀌는 식습관 때문인지 성인들보다 아이들의 상태가 훨씬 나빠. 대여섯 살로 보이는 아이의 이에 치석이 끼어 있는 건 심각한 문제야. 우리나라에서는 어릴 때 되도록이면 가려서 먹이고 칫솔질도 열심히 시키잖아. 그런데 여기는 콜라가 건강식품이라도 되는 것처럼 열심히 먹더라고. 당장은 문제가 아니겠지만 그 아이들이 치위생의 중요성을 모른다면 질병으로 이어지는 건 당연한 결과야. 이렇게 시간이 지나다 보면 아름다운 미소가 사라질지도 몰라."

해외 봉사를 꿈꾸며 라오스에 와서 가장 아쉬웠던 것은 절실하게 도움이 필요한 극빈층에게는 도움의 손을 내밀지 못한다는 것이었다. 여행객들은 그래도 깨끗한 물이 나오고 냉방이 잘되는 숙소에서 서구화된 음식을 먹고, 관광지에서 꽤 짭짤한 수입을 올리는 라오스 사람들을 만나기 때문에 잘 모를 수도 있다. 하지만 라오스 사람들의 현실은 주요 관광지에서 보이는 그것과는 많이 다르다. 북부 지방을 여행한 이후 시골로 산골로 돌아다니면서 절대적 빈곤에

처한 사람들을 많이 봤다. 내가 매일 학교에서 만나는 방비엥중학교 애들은 그나마 행복한 계층의 아이들이고, 대부분은 말 그대로 찢어지게 가난하다. 내가 가난한 라오스 아이들을 만나 할 수 있었던 일이라곤, 폴라로이드 카메라로 즉석사진을 찍어주는 것뿐이었다. 그리고 그게 내가 할 수 있는 최선이라고 생각하면서 스스로를 위안해왔다. 그런데 의사 아저씨의 말을 들으니 조금 더 나은 일을 할수도 있겠다는 생각이 들었다.

"사진 대신 칫솔이랑 치약을 주면 되잖아!"

갑자기 할 일이 생긴 것 같이 마음이 급해진 나는 활동 기간을 두 달 더 연장하기로 결심했다. 어떻게 보면 군대를 연장한 셈이다.

칫솔 800개와
치약 200개를 들고

ຢາຖູແຂ້ວ200ອັນກັບ
ໄມ້ຖູແຂ້ວ800ອັນໃນມື

나를 제외한 봉사자들이 봉사 기간을 마치고 한국으로 돌아갔다. 떠나는 사람들 모두 홀가분해하는 표정이다. 그리고 자진해서 남겠다고 결심한 나를 보며 희한한 놈이라며 한마디씩 말을 건넨다.

"너 독특한 건 휴가 때 다들 뜯어말리는데 북부 지방에 간다고 할 때부터 알아봤어."

"맹장 때문에 헬기 탄 거 기억 안 나? 맹장때문에 태국까지 갔으니 말 다했지."

"그뿐이냐? 우리 몰래 연애도 잠깐 했다며?"

"아, 맞아. 은행에서 일하던 예쁜 아가씨였지. 나도 기억나."

"유별난 건 알았지만, 연장까지 할 줄은 몰랐다."

공항에서 동기들과 작별하고 방비엥에 돌아와 나의 재정 상태를 점검했다. 통장에는 1200달러가 남아 있었다. 일단 최소한의 생활비와 방비엥중학교 선생님들과 아이들에게 줄 선물을 살 돈 500달러를 뗐다. 그리고 아동병원에서 '지중해 빈혈병'이라는 희귀병을 가진 라오스 아이들을 치료하는 한국인 의사 박 선생님께 드릴 100달러를 제하니 600달러가 남았다. 600달러면 사실 큰 돈도 아니다. 어차피 라오스에서 봉사 활동을 할 때 쓰라고 정부에서 준 돈이니 굳이 이걸 알뜰하게 모아 한국에 가지고 갈 필요는 없다. 라오스를 위해 모두 쓰고 가자. 나는 붕붕 떠다니는 생각을 정리하기 위해 간략한 기획안을 작성하기 시작했다.

**프로젝트명 : ?**

**목표 : 라오스 아이들에게 양치질을 가르친다.**

**실행 방법 : 칫솔과 치약을 나눠준다.**

**기대 효과 : 라오스 아이들의 아름다운 미소를 지킬 수 있다.**

**장소 : 자전거를 타고 갈 수 있는 거리 안에 있는 가난한 마을.**

**예산 : 생활비를 제외한 전 재산 600달러.**

**필요한 물품 : 칫솔, 치약.**

**그 외 준비물 : 콜라, 사탕, 김, 스케치북 등.**

**팀장 : 나.**

**팀원 : 나.**

그리고 나는 잠시 프로젝트 이름을 고민하다가 빈칸을 채웠다.

## 치카치카 프로젝트

바로 다음 날부터 사재기하는 사람처럼 600달러를 모두 털어 칫솔 800개와 치약 200개를 샀다. 마음 같아선 이걸 들고 가이드 완을 만날 겸, 북부 지방 여행 때 갔던 소수민족 마을들에 다시 가고 싶었다. 하지만 지금은 나에게 시간도 돈도 많지 않아 거기까지 가기가 현실적으로 불가능했다. 물론 그때 그 여행이 아니었다면 라오스가 왜 동남아시아 최빈국인지 몰랐을 것이고, 치과 의사 아저씨의 말을 들었을 때도 이해하지 못했을 것이다. 북부 지방을 여행하면서 나는 방비엥에만 있을 때는 피부로 느끼지 못했던 최빈국 라오스를 목격했으니까.

그 여행 이후에도 방비엥 근처의 마을을 둘러보면서 이 사람들을 어떻게 도울 수 있을지 계속 고민했지만 내가 할 수 있는 게 없어 보

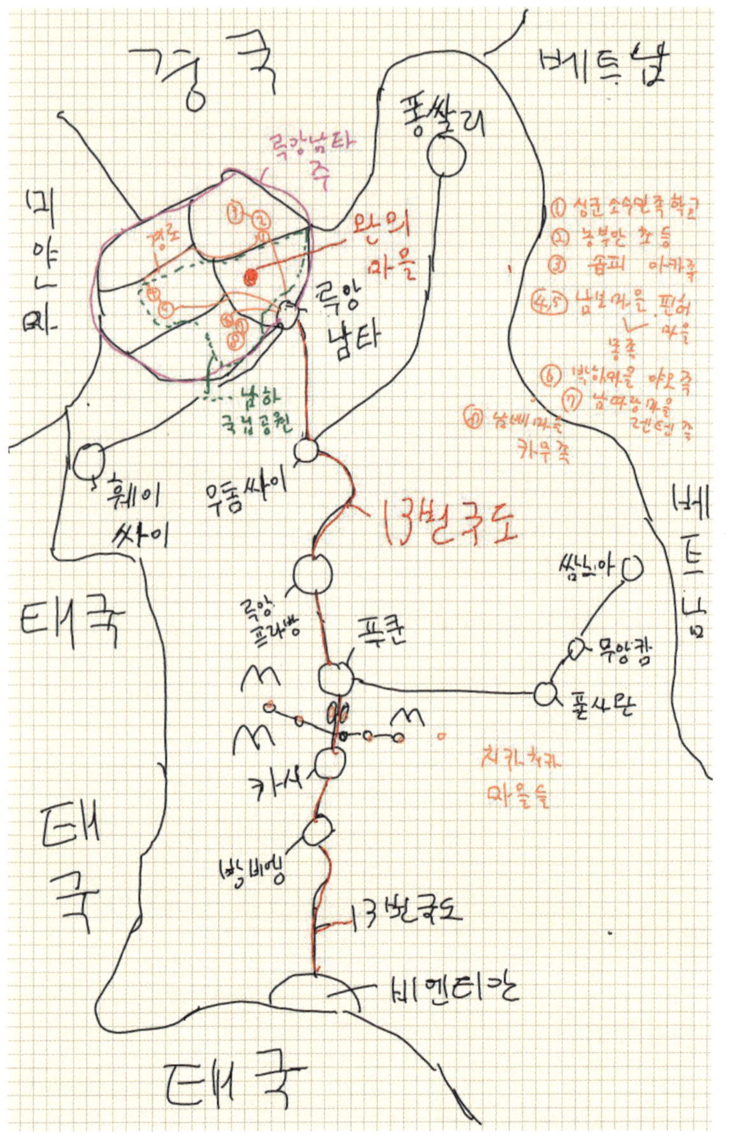


싸이의 도움으로 치카치카 프로젝트를 실시할 마을들을 찾았다.

였다. 정말 가난한 사람들은 아무래도 정부나 NGO가 나서서 하는 원조의 혜택을 받기가 쉽지 않아서 나는 그들에게 일종의 부채의식을 느끼곤 했다. 지금 내가 하려는 일이 실제로 도움이 될지, 내 알량한 양심을 만족시키려는 건지 잘 모르겠다. 북부 지방을 제외하고 머릿속에 라오스의 지도를 그리며 자전거를 타고 갈 수 있는 마을들을 떠올리는데 여러 생각이 겹친다.

아룬 형에게 방비엥에서 가깝지만 험준한 산이 많은 곳에 위치한 마을에 대해 물었다. 형은 마침 아는 사람 중에 그런 마을 출신이 있다며 '카시'가 고향인 청년 싸이를 소개해줬다. 싸이의 이야기를 들어보니 카시 시내에서 북동쪽 방향으로 7킬로미터를 가면 남느아라는 마을이 있는데, 그 마을을 가로지르면 산으로 가는 길이 나오고 그 이후로 가난한 마을들이 연이어 나온다고 했다. 그 정도 거리면 주말에 잠깐 시간을 내 다녀올 수 있을 것 같다.

"전화기는 터질까? 연락은 닿아야 하거든."

"다오, 라오 텔레콤 써?"

"아니. ETL이야."

"그럼 전화가 안 될 수도 있겠다. 워낙 외진 곳이라 말이지."

방비엥 터미널에서 버스에 자전거와 칫솔, 치약을 싣고 카시 터미널로 향했다. 일단 남느아 마을까지 가보고 적어도 마을 두 곳에 가서 칫솔과 치약을 나눠주는 게 목표. 하지만 막상 남느아 마을에 가보니 카시 터미널에서 많이 떨어져 있는 편이 아니고, 큰 길가에 위치한 곳이라 전봇대까지 있었다. 마을 사람들도 깔끔한 차림에 비축된 곡식도 풍족해 보여 치카치카 프로젝트의 첫 장소로는 적합하지 않아 보인다. 남느아 마을의 분위기를 슬쩍 보고 다른 곳에 가야겠다는 생각을 하고 있는데 어디서 나타났는지 이장님이 말을 걸어왔다.

"무슨 일로 찾아왔나?"

"예전에 만났던 라오스 친구가 이 마을을 지나 산 속에 산다고 했어요. 길 좀 알려주실 수 있으세요?"

나는 순간적으로 거짓말을 했다.

"당연히 도와줘야지. 마을 이름이 뭐지?"

"제 친구 아룬이 적어준 쪽지를 잃어버렸어요. 산에 있는 마을 이름이랑 가는 길을 알려주실 수 없을까요? 그럼 기억이 날 것도 같아요."

나는 아룬 형 이름까지 넣어 술술 말을 지어내며 수첩을 꺼냈다.

"저기 보이는 길을 따라서 가면 비엥싸이라는 곳이 있는데, 거기에 들어가면 몽족 마을이 나와. 그리고 거기서 한 시간 정도 더 들어가면 카무족 마을이 나오고."

"아, 그럼 비엥싸이로 가야겠네요. 제 친구는 몽족이거든요."

치카치카 프로젝트가 시작될 첫 동네는 비엥싸이다!

# 대망의 치카치카
# 프로젝트 시작

## ໂຄງການchikachika
## ໃຫຍ່ເລີ່ມຜຸດຂຶ້ນມາ

배낭과 자전거에 칫솔과 치약을 잔뜩 이고 한 시간 반쯤 가자 몽족 마을이 모습을 드러냈다. 마을이 한적한 것을 보니 대부분 논밭으로 나간 것 같았다. 마을에 남아 있는 할머니에게 다가가 내가 이곳에 온 이유를 설명하는데 그사이 동네 꼬마들이 모여든다. 할머니는 라오어를 잘 못하시는 것 같고 분위기를 보니 지금 이장님도 없는 것 같다. 무엇보다 아이들이 모였으니 일단 부딪혀보는 마음으로 시작해야겠다 싶었다.

적당히 넓고 한적한 공터를 찾아 자리를 잡았다. 그리고 제법 나이가 들어 보이는 아이들에게 가져온 칫솔과 치약을 쥐어주고 친구들을 데리고 오면 아버지랑 어머니 것도 줄 테니 모셔오라고 말했다. 아이들은 영문을 모르겠다는 표정으로 나만 쳐다보는데 똘똘해 보이는 한 소년이 친구들에게 격한 동작과 함께 몽족어로 설명한다. 그제야 아이들이 웃음을 띠고 여기저기로 흩어졌다. 아이들은 동네에 숨어 있던 친구들을 하나둘씩 데려왔다. 조금만 기다리면 논으로 간 친구들도 올 거란다. 순식간에 40명가량의 아이가 공터에 모였다. 나는 오일장을 찾은 약장수처럼 가방에서 칫솔과 치약을 꺼냈다.

도심에서 조금만 들어가면
라오어도 통하지 않는
소수민족들이 모여사는 산 속
마을들이 나온다.

“애들아, 이게 뭐지?”

나는 나의 이를 활짝 드러내 보이며 아이들에게 물었다. 아뿔싸, 아무도 라오어를 못 하는 것 같다. 통역이 필요했다. 아까 똘똘해 보이던 그 소년에게 도움을 요청했다.

“저기……, 이름이 뭐지?”

“허요.”

“그래, 허. 아저씨가 라오어로 말하면 통역 좀 해줄 수 있을까?”

“도이긍정의 대답으로 공손한 성격의 높임말. 할 수 있어요.”

도이라니! 라오족도 아닌 몽족 소년이 라오어로 공손하게 대답을 하니, 괜히 더 예뻐 보인다. 오합지졸이던 아이들의 집중도가 갈수록 좋아지는 걸 보니 허가 꽤 통역을 잘하고 있는 것 같다. 중간에 이가 썩는다는 표현을 할 때 ‘썩다’의 라오어가 생각이 안 난 게 흠이었지만 ‘아프다’와 ‘죽다’를 에둘러 사용하니 아이들이 인상을 찡그린다. 아이들의 반응을 살펴보는데 아이들 사이에서 경계의 눈초리로 나를 바라보는 몇 명의 어른들이 보인다.

이제 이론은 끝났고 실천을 보여줄 차례. 이건 판토마임 수준이다. 콜라와 사탕을 꺼내 최대한 게걸스럽게 콜라를 마시고 사탕을 빠는 연기를 했다. 그리고 칫솔과 치약은 안 쓰고 잠에 드는 시늉을 했다. 그리고 기지개를 켜면서 아침에 일어나는 동작을 해 보였다. 마지막으로 미리 조각 내 가져온 김을 꺼내 앞니에 붙인 후 해맑게 웃었다. 나름 이가 썩는 과정을 표현한 것인데 반응은 대성공이었다. 심지어 의심스럽게 나를 쳐다보던 어른들도 배꼽 잡고 웃었다. 모든 설명과 연기를 마친 나는 약속대로 아이들에게 부모님 것까지 포함해 3개의 칫솔과 1개의 치약을 나누어주었다. 어른들은 더 달라고 손을 내민다. 감사하게도 칫솔과 치약을 받은 아주머니 한 분에게서 푸짐한 점심을 대접받았다. 나는 다시 허를 찾았다.

"허, 아저씨가 카무 마을로 가려고 하는데 얼마나 걸릴까?"

"가는 길 아세요?"

"응, 남느아 마을에서 지도를 그려줬어."

나는 지도를 꺼내 흔들었다. 허는 지도를 자세히 들여다본다.

"중간에 갈림길이 있는데 정확히 그리지 않았네요. 길을 잘못 들면 먼 마을로 가게 되는데 산이라 길이 험해요. 제가 같이 가드릴게요."

"아니야. 아저씨 많이 다녀봤어. 걱정하지 않아도 돼."

"아저씨, 산에서 자본 적 없죠? 위험해요. 어차피 저는 지금 마을에서 할 일도 없어요. 심심하니까 갈림길까지 같이 가드릴게요."

심심하니까 같이 가주는 거라니, 괜히 본심을 감추는 영락없는 소년의 말투다. 허는 내 대답을 듣지도 않고 내 손에 들린 칫솔과 치약이 든 가방을 뺏어 든다. 어린아이가 베푸는 무뚝뚝한 친절에 감동한다. 두 번째로 찾아간 카무족 마을에서는 70명의 아이들에게 칫솔과 치약을 나눠줬다. 유독 어른들이 살갑게 나를 대해주었는데 이장님이 방비엥에서 멀리까지 오느라 고생했다며 돌아갈 때 먹을 음식까지 싸줬다.

아, 라오스 사람들은 왜 이렇게 착한 걸까.

열정만 가지고 시작한 1차 치카치카 프로젝트.
양치질의 중요성을 알려 주고 칫솔과 치약을 나누어 주었다.

이 사람들,
왜 이렇게 착한 걸까

ເປັນຫຍັງພວກເຈົ້າ
ຈຶ່ງຈິດໃຈດີປານນີ້?

지난주와는 반대로 카시에서 루앙프라방으로 올라가는 길 왼쪽에 있는 산 쪽으로 올라갔다. 카시 군청 직원 말로는 15킬로미터 정도 가면 몽족 마을이 있을 거라고 했는데 이건 엄밀히 말하면 가는 게 아니고 오르는 것이다. 거의 자전거를 타고 갈 수 있는 길이 아니다. 자전거와 칫솔과 치약을 넣은 가방을 질질 끌고 끝을 알 수 없는 길을 걷고 또 걸었다. 태양이 나의 정수리에 직각으로 내리쬘 때쯤 땀으로 범벅된 몸을 이끌고 한 마을에 도착했다. 공터에 모여 있던 어른들에게 내 소개를 하고 혹시 목욕을 할 수 있느냐고 물으니 남자 어른 한 분이 당신을 따라오라고 한다. 점점 마을을 벗어나 으슥한 곳으로 가는데 심상치 않다.

"우리 어디로 가는 거예요?"

"목욕하고 싶다며?"

"네, 그런데 어디로 가시는 거예요? 마을에 수돗가 없어요?"

"수돗가? 그게 뭐야?"

아저씨는 수돗가란 개념을 모르는 거 같았다. 나를 숲 속의 냇가로 데리고 간다. 수돗가도 없다면 정말 못사는 마을이란 뜻이다. 바로 이런 마을이 치카치카 프로젝트를 하기엔 딱이다.

대강 씻고 마을로 돌아와 나를 냇가에 데려다준 아저씨 집에서 점심을 얻어먹고 활동을 시작했다. 하루 중 가장 더운 시간대여서 학교 교실에 들어갈 수 있냐고 혹시나 하는 마음으로 물었는데 열쇠를 가져와 문까지 열어준다. 하지만 어린아이 30명도 들어가지 못할 크기다. 덩치가 큰 아이들은 교실 밖 창가에 세워놓고 나머지는 교실 바닥에 붙어 앉게 했다. 나는 지난주에 했던 것보다 조금 더 세련된 설명과 진화된 열연을 펼쳤다. 활동을 마치고 이장님과 대화를 해보니 15킬로미터 더 들어가면 야오족 마을이 있다고 했다.
"이장님, 야오족 마을에 전기가 들어오나요?"
"아니, 아마 발전기 정도는 있을지도 몰라."
야오족 마을도 치카치카 프로젝트를 하기엔 합격. 나는 새벽 일찍 일어나 가보기로 마음을 먹었다.
다음 날 새벽, 일어나자마자 세수도 안 하고 출발했다. 밤 사이 비가 내려 온통 진흙길이라 자전거는 이장님 댁에 세워두고 걷기 시작했다. 새벽 6시에 출발했으니 걸어가도 늦지 않은 시간에 야오족 마을에 충분히 도착할 것 같다.
"안녕하세요! 좋은 아침이에요!"

이방인의 방문이 드문 산골 마을에 들어 갈 때는 첫 인상을 통한 기선 제압이 중요하다. 위험한 사람이 아니라는 것을 온몸으로 보여주기 위해 나는 약간 바보스러울 정도로 환하게 웃으며 인사를 했다. 다행히 사람들도 나를 보며 손을 흔든다. 이장님을 만나고 싶다고 하니 남자 어른들이 따라오란다. 집에서는 3명의 남자가 이야기를 나누고 있었는데 서류를 작성하고 있는 국방색 군인 모자를 쓴 중년 남자가 이장님 같다. 내가 이장님을 마주보고 앉자 따라온 남자들까지 해서 7명이 나를 둘러싸고 앉았다. 내가 누구인지, 왜 왔는지 말하고 나니 좁다란 집 안에 정적이 흐른다. 잠시 후 내가 알아듣지 못하는 야오어가 오간다. 2년 동안 라오스에 살면서 눈에 띄게 늘어난 건 눈치인데, 이 사람들은 나를 경계하는 것 같다. 이장님이 라오어로 신분증이 있느냐고 묻는다. 금방 돌아올 생각으로 자전거를 세워두면서 가방 안에 여권과 라오스 신분증을 두고 왔다.

"이전 마을에 놓고 왔어요. 여기서 조금 떨어진 몽족 마을 아시죠? 대신 제가 가져온 칫솔과 치약 들을 보여드릴게요."

"신분증이 없으면 이 마을에 있을 수 없다네."

아무리 설명해도 이장님은 단호했다. 내 불찰이었지만 나를 믿어주지 않는 야오족 어른들이 조금 원망스럽다. 그리고 출발할 때와 달리 뜨겁게 떠오른 태양볕 아래 돌아갈 생각을 하니 약간 짜증도 난다. 아까 두 시간 정도 걸은 것 같은데…… 갑자기 오기가 생긴다.

"알겠습니다. 신분증을 가지고 오면 활동을 하게 해주세요. 칫솔과 치약은 여기에 두고 갑니다."

자리를 박차고 일어나 이장님 집을 나왔다. 마을 입구에 닿았을 무렵 오토바이 한 대가 달려와 내 앞에 선다. 오토바이에 탄 남자는 내 또래로 보이는데 자신은 이장님의 아들이라며 아버지가 태워주라고 했으니 얼른 타라고 말한다.

"다오, 나는 송학이라고 해."

"내 이름은 어떻게 알았어?"

"아버지가 말씀해 주시던걸."

이장님, 빡빡한 사람인 줄 알았더니 의외로 세심한 분 같다. 나에게 신분증을 가져오라고 한 건, 나를 못 믿어서가 아니라 일을 확실하게 하려는 것이었다. 이곳은 내가 2년 동안 겪어서 알고 있다시피 관료적이고 보수적인 사회주의 국가 아니던가. 잠시나마 이장님을 원망하는 마음을 먹은 게 죄송스러웠다. 송학의 오토바이를 타고 다시 몽족 마을로 돌아가 신분증을 챙겼다. 야오족 마을에 도착하니 왕복하는 데 채 한 시간이 걸리지 않았다.
마을에 도착해 이장님께 신분증을 보여드렸다. 그러자 부자는 갑자기 의욕적으로 돌변(?)해 직접 동네 아이들을 불러 모은다. 송학은 내가 야오족 아이들에게 양치질 하는 방법을 설명할 때도 옆에서 거들며 더 정확한 야오족 말로 다시 말해주기도 한다. 콜라를 먹고 양치하지 않고 그냥 자면 이가 썩는다는 부분을 연기할 때는 점점 내 연기력이 느는 것 같다. 그만큼 아이들의 반응이 좋았다. 50명의 아이들에게 100여 개의 칫솔과 치약을 나눠주었다. 일일 보조교사 송학은 돌아가는 나를 다시 몽족 마을까지 태워준다고 나선다.
"송학, 나 진짜 괜찮아. 아침에 보니 걸을 만했어. 칫솔을 다 나눠줘서 짐도 없으니 괜찮아."
"혼자서 두 시간은 걸어야 하잖아. 심심할 거야."
"송학도 나를 내려주고 돌아오려면 혼자 올 때 심심할걸?"
"다오, 우린 오늘 친구가 됐지만, 또 언제 만날지 알 수 없잖아. 어서 타."
아, 라오스 사람들은 정말 왜 이렇게 착한 걸까.

# 블루라군의 파동처럼

# ດັ່ງຟອງນ້ຳໃນບຣູລາກູນ

방비엥으로 돌아온 후 쉬면서 보니 칫솔 100개와 치약 20개가 남아 있다. 돌아오는 주말에 한 곳 정도 더 돌아볼 수 있을 것 같은데, 자전거가 너덜너덜해 보일 만큼 상태가 나쁘다. 자전거야 빌리면 되겠지만, 주말마다 산악 자전거를 타는 사람처럼 돌아다녔더니 발목이 다 시큰시큰하다. 나는 마지막 칫솔과 치약을 나눠줄 마을을 찾기 위해서 아룬 형과 싸이를 만났다.

"내 발목 좀 봐. 자전거를 타고 멀리 가기엔 힘들 거 같아. 가까운 마을을 찾아야 돼."

"다오, 루앙프라방 방향으로 올라가는 길에 13번 국도변에서 사람들 본 적 있어?"

"많이 봤지. 그 사람들 몽족이라던데 왜 그렇게 위험한 곳에 사는 거야?"

"도로변에 사는 몽족들은 몽족 중에서도 규모가 작은 집단이어서 어디를 가나 천대를 받았대. 어쩔 수 없이 위험한 13번 국도변에 정착한 거지. 자신들이 소유한 땅이 없어서 무척 가난하게 살고 있는 사람들이야."

제1의 관광지 루앙프라방으로 가는 버스 안에서 나는 언제나 설레는 마음이었던 것 같다. 이번엔 가서 뭐를 먹을까, 무얼 보고 어떤 사람을 만날까, 어떤 사진을 찍을까 등등 여러 가지 생각을 하며 내 마음은 한껏 부풀었었다. 루앙프라방으로 가는 버스를 족히 열 번은 탔을 텐데, 그렇게 들뜬 마음으로 버스를 타고 창 밖을 내다볼 때면 거리에 박제된 풍경처럼 보이던 사람들. 라오스에서 산 지 2년이 지나서야 버스에서 내려 그 사람들을 만나러 갔다.

• • •

4개의 마을에서 만났던 아이들은 양치질은커녕 칫솔과 치약을 처음 본 아이가 대부분이었다. 마치 콜라와 사탕이 문명이 가져다준 진화된 식품인양 맛있게 먹지만 치아를 관리하지 않아 아이들의 이는 거의 썩어 있었다. 내가 가져다준 칫솔과 치약을 몇 개월이나 쓸 수 있을까? 내가 어설픈 치위생 교육을 마치고 마을 이장님들께 시내에 나가면 꼭 칫솔과 치약을 사서 마을 사람들에게 나눠주시라고 당부했지만. 그거야 알 수 없는 일이다. 내가 3주간 한 일이 얼마나 아이들에게 도움이 될지 확신이 서지 않았다. 내 마음 편하자고 한 생색내기로 끝날지도 모른다는 생각이 드니 조금 속상했다. 하지만 피터의 생각은 달랐다. 피터는 제법 라오어가 늘어서 영어에 라오어 단어를 섞어서 말하거나, 쉬운 문법의 문장은 라오어로 대화하기도 한다. 내가 한국으로 돌아가기 전 마지막 소풍을 가자며 블루라군과 푸캄 동굴에 갔다. 평소에는 관광객들로 북적거리는 곳인데 오늘따라 조용해서 대화하기에 좋다. 나는 피터에게 지난 3주간 주말에 바빴던 이야길 들려줬다.

"내가 시도한 치카치카 프로젝트가 라오스 아이들에게 얼마나 도움이 될지 잘 모르겠어요."

"다오, 그런데 왜 그런 일을 한다고 나에게 이야기하지 않았어? 내가 도울 수 있는 일이 있었을 텐데."

"에이, 거창한 일도 아니잖아요. 고작 칫솔, 치약으로 아이들이 평생을 건강하게 살 수 있는 것도 아니고."

"자, 이걸 봐봐."

피터는 조약돌 하나를 들어 파란 빛으로 반짝거리는 연못에 던졌다. 조약돌은 포물선을 그리며 떨어졌다. 파란 연못에 잔잔하게 수면에 물결이 일었다.

"다오 봤어?"

"네?"

"자, 다시 한 번 봐봐. 이 조약돌은 다오, 연못은 나의 마음이야."

피터는 다시 조약돌 하나를 연못에 던졌다.

"제가 피터의 마음에 뛰어든 건가요?"

"잘 들어봐. 너의 활동은 나의 마음에 잔잔한 파문을 일으켰어. 치카치카 프로젝트는 아이들을 위해 옳은 일이잖아. 아무런 효과가 없다고 할 수는 없어. 이렇게 파동이 일어서 지금도 물결이 퍼지잖아. 다오, 묵묵히 앞으로 나가. 그리고 연못이 아니라 강과 바다를 만나도 돌멩이를 던져."

# 행방불명 된 아이, 아유

## ອາຍຸ, ນ້ອງນ້ອຍ
## ທີ່ຫາຍຈາກໄປ

피터가 후원을 해 주어 마을 한 곳 정도를 더 갈 수 있게 됐다. 남은 돈을 탈탈 털어서 루앙남타 쪽으로 다시 올라갔다 올 수 있을 것 같다. 여러 곳을 가기는 힘들고, 총을 든 소년들 사진을 찍었던 아카족이 사는 따랑 마을에 가야겠다는 생각이 들었다. 치카치카 프로젝트도 진행하고 작년에 찍은 사진들을 나누어 줄 계획이다. 사진은 구겨지지 않게 한 장씩 포장해서 살포시 가방 안에 넣고 칫솔과 치약을 챙겨 따랑 마을로 향한다.

통역은 이장님의 둘째 아들 아베가 맡아주었다. 아베와 함께 아이들이 있는 집마다 들어가 칫솔과 치약을 보여주며 한 명씩 데리고 나왔다. 집에서 나올 때마다 내 뒤로 꼬마들이 하나둘씩 따라붙는다. 마치 피리 부는 사나이처럼 자동적으로 동네 아이들이 몰려든다. 피리대신 칫솔을 든 사나이가 양치질을 가르쳐주기 위해 멈춰 선 곳은 가축들의 배설물을 쌓아놓은 공터 옆. 똥 옆에서 치위생 교육을 하다니 난감하지만, 아이들은 신났다. 칫솔과 치약을 남김없이 나누어주니 가져갔던 가방이 텅 비고 마음은 덩달아 가벼워진다. 해가 지기 전에 시내로 돌아가야 했기 때문에 이장님 댁에서 점심을 먹고 사진을 나누어주러 돌아다녔다.

사진 속 주인공의 이름도 모르고 아카족 말이 통하지 않지만, 동네의 아무 꼬마나 붙잡고 사진을 보여주면 한바탕 웃고서는 “누구다!”라고 사진의 주인공 이름을 외치곤 손짓으로 집을 알려준다. 그리고 나를 앞질러 뛰어가 집 안에 들어가 사진의 주인공을 데리고 나온다. 그렇게 사진을 한 장씩 나눠주며 주인공의 집을 찾아갈 때마다 아이들은 이게 숨바꼭질이라도 되는 것처럼 재미있어한다. 거의 모든 사진을 나눠줬을 때, 아이들은 한 장의 사진을 보고 웃음을 멈췄다.

“아, 누군지 몰라? 다른 마을에서 찍은 사진을 착각했나 보다.”

아이들은 고개를 절레절레 흔든다. 내가 들고 있는 사진을 다시 자세히 들여다보니 사진의 풍경은 분명 이 마을이 맞다. 손짓발짓을 총동원해서 간신히 물어 사진 속 소년의 집으로 찾아갔다. 나를 데리고 가는 중에도 꼬마들은 심각하게 자기들끼리 뭐라고 말을 하는데 한마디도 알아들을 수 없다. 그렇게 도착한 집에는 모두 일을 나갔는지 아무도 없었다. 꼬마들은 또다시 고개를 절레절레 흔든다. 어쩔 수 없이 주인을 찾을 수 없는 사진은 아베에게 맡겨야 할까 고민하는데 이장님의 심부름을 갔던 아베가 나를 찾아왔다.

"아베, 이 아이 어디 있어? 네가 대신 전해줄래?"

"아유네."

"이름이 아유구나?"

"걔는 마을에 없어."

"그래, 집에 아무도 없더라."

"아니, 그 아이는 행방불명됐어."

"행방불명되다니?"

아유라는 소년은 올해 초 마을에서 사라졌다고 한다. 숲 속에서 길을 잃어 죽었다는 소문이 돌기도 했지만 마을 어른들은 아유가 도시로 떠났다고 생각한단다.

"아유는 어렸을 적부터 도시의 삶을 동경했어. 아카족 어른들이 물물교환을 하러 읍내로 나갈 때마다 항상 따라나가고 싶어 했지. 콜라가 그렇게 좋다고 하더라고. 아유는 똑똑해서 아카어만큼 라오어도 잘했지만 혹시 어디 가서 굶지는 않을까 걱정이야. 도시가 아유를 데리고 간 거야."

누가 불러왔는지 아유의 아버지가 달려왔다. 무뚝뚝한 표정으로 내가 건넨 사진을 받아들고 고맙다고 말했다. 애써 덤덤한 표정이던 아유 아버지는 가만히 사진을 들여다보더니 감정을 숨기지 못하고 어깨를 들썩이며 울음을 터뜨렸다.
“아, 내 아들, 아유. 아유 얼굴이 너무 보고 싶었어요. 이 사진을 보니까 더 보고 싶네요. 그래도 이 사진이라도 있어서 다행이에요.”
“곧 돌아올 거예요. 너무 걱정하지 마세요.”
나는 도움이 되지 않을 위로의 말을 할 수밖에 없었다.

• • •

아유는 살아 있을까? 살아 있다면 어디에 있을까? 방비엥에 돌아와서도 아유는 내 머릿속에서 떠나지 않았다. 도시의 반짝임을 느끼며 즐겁게 지내고 있을까, 아니면 도시의 시궁창 같은 구석에서 헤매고 있을까. 좋아하던 콜라는 마음껏 마실 수 있어도 가족과 친구가 있는 마을에서 먹던 따뜻한 밥은 먹지 못할지도 모른다. 아유의 영혼이 길을 잃지 않기를 바랄 뿐이다.

아유, 넌 지금 어디에서 지내고 있을까. 가족과 마을이 그립지는 않니.

# 라오스에서 보낸 777일의 시간

# 777ວັນຂອງຂ້ອຍຢູ່ລາວ

하 얗 게  웃 어 줘  라 오 스

방비엥중학교에서 떠나는 나를 위해 송별회 자리를 마련해주었다. 교실에 들어가니 라오스의 결혼식에서 봤던 것처럼 내 앞에는 꽃과 바나나 잎으로 치장된 파콴 나무가 놓이고 양옆으로 교장 선생님과 의식을 진행할 무당이 자리한다. 선생님들과 학생들은 내 뒤로 둥글게 앉아 자리를 채웠다. 파콴 나무로부터 뻗어져 나오는 실 한 가닥을 합장한 나의 두 손바닥 사이에 포개고 주위 사람들의 손바닥 사이로 그 실을 촘촘히 이어갔다. 마치 거대한 거미줄 속에 자리한 느낌이랄까. 무당의 주문 외는 소리가 들려왔다. 무당의 목소리가 잦아들자 한 명씩 내 손목에 안녕과 축복의 마음을 담은 실을 묶어주기 시작한다. 셀 수 없이 많은 실이 팔뚝까지 빽빽이 채워졌지만 미처 교실에 들어오지 못한 아이들까지 어디선가 실을 구해와 실 위에 포개어 또 실을 묶는다. 내 손목은 축복과 기원이 곱빼기로 채워졌다. 방비엥중학교 사람들의 마음 하나하나가 와닿아 애써 참았던 눈물이 흘러내렸다.

이렇게 라오스에서 2년이 조금 넘는 시간, 미리 계획했던 것처럼 딱 777일을 마무리했다.

고요하고 진지한 송별의 의식. 축복을 기원하는 마음들이 내 손목에 가득 채워졌다.

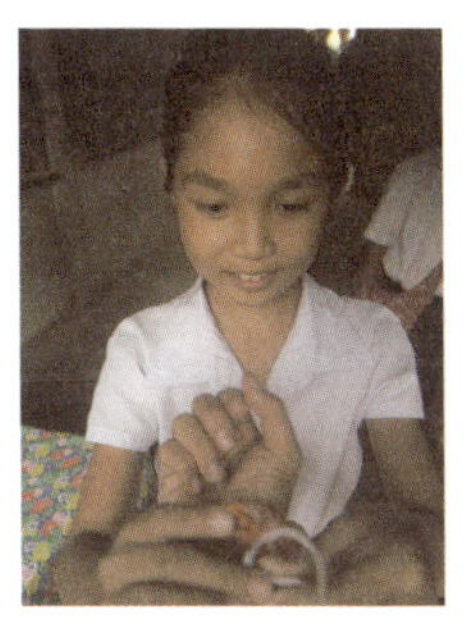

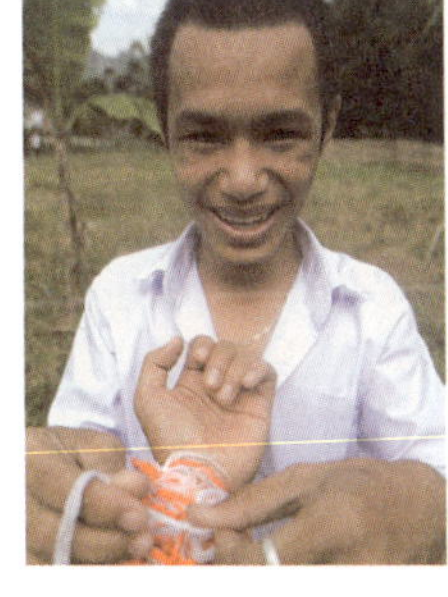

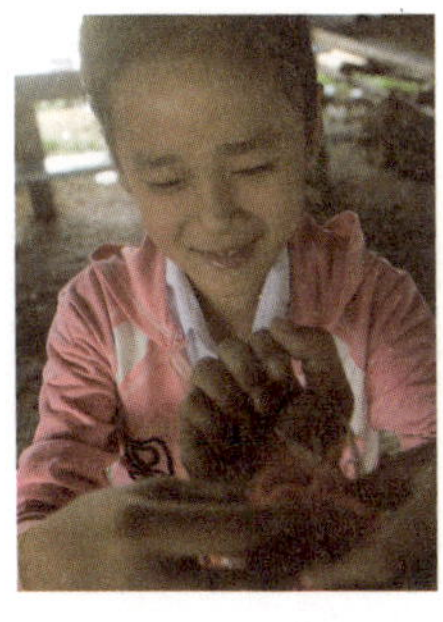

티치아노 테르차니라는 저널리스트는 죽음을 앞두고 아들에게 이런 말을 했다고 한다.

내가 걸어온 길이 결코 특별한 게 아니라는 걸 네가 꼭 알아주었으면 해. 난 예외적인 사람이 아니야. 누구나 나처럼 자신만의 삶을 만들어갈 수 있어. 약간의 용기, 결단, 그리고 자의식만 있으면 돼. 자신만의 고유한 삶을 사는 거 말이야. 진정한 삶, 내게 맞는 삶, 자신을 올바로 인식할 수 있는 삶을 사는 거지.

사실 내가 유별난 시간을 보냈던 건 아니다. 간략하게 말해 이미 많은 사람이 다녀온 해외 봉사 활동을 다녀왔을 뿐인지도 모른다. 하지만 나는 약간의 용기를 가지고 라오스에 갔고, 진정한 삶을 살았다. 어떤 인생을 원하는지 몰라 막막했던 나는 라오스에서 내게 맞는 삶을 발견했다.
나는 한국으로 돌아와 다시 특수체육 교사의 신분으로 돌아갔다. 몸이 조금 불편하다는 걸 빼고는 다른 아이들과 다를 것 없는 평범한 아이들과 운동장에서 뛰고 게임을 하고 축구와 배구를 했다.

아이들을 가르치는 것 외에도 나에겐 본격적인 사회생활이 시작돼 정신 없이 바쁜 날들을 보냈다. 그러나 마음 한편에 늘 라오스가 자리잡고 있었다.

부처와 같은 온화한 사람들의 미소, 세속적인 것보다 중요하게 생각하는 영혼의 가치, 느긋하고 여백이 많은 삶, 바보 같은 친절함, 수줍게 웃는 아이들, 내 친구 아룬 형, 탈탈거리는 오토바이 소리, 소란함을 뒤덮는 고요한 풍경. 이 모든 게 그리웠다. 하지만 그리운 여행지를 다시 찾는 마음으로 가는 것보다 의미 있는 여행을 하고 싶었다. 방비엥에서 다이빙을 하거나 아름다운 도시 루앙프라방을 산책하는 것도 좋지만 무엇보다 내가 연못에 만든 작은 파문, 치카치카 프로젝트를 다시 진행해보고 싶었다.

계획보다 열정으로 시작한 치카치카 프로젝트를 좀 더 지속성을 갖춘 프로젝트로 만들기 위해 주변 사람들 중에 함께할 수 있는 사람들을 모았다. 평소 해외봉사 활동에 관심이 많던 친구 정화, 동우, 남호가 흔쾌히 동참했다. 라오스에서 찍은 사진을 엽서로 만들어 팔아 약간의 돈도 마련했다. 가족들과 학교 선생님들께는 거의 반 강제로 판매했지만, 양치질을 못 하는 라오스 아이들을 걱정하는 초등학생, 치과 치료를 제때 받지 못해 틀니를 낀 할아버지, 나를 칭찬하던 몇 명의 의사도 기꺼이 엽서를 사주었다.

그리고 더 많은 사람을 만나 치카치카 프로젝트를 실시하기 위해서 라오스에서 어설프게 끼적였던 기획안을 다시 꼼꼼하게 다듬었다. 정화의 도움으로 기업에 기획안을 제출해 후원도 받았다. SNS를 통해 전혀 모르는 사람들이 좋은 취지의 프로젝트라면서 후원금을 보내기도 했다. 열정에 가득 찬 나는, 그러나 열정만으로는 할 수 없었던 것들을 주변 사람들의 도움으로 채워가면서 그렇게 새로운 치카치카 프로젝트를 준비했다.

# 다시 찾은 라오스, 다시 만난 사람들

ການກັບມາລາວອີກ

"다오! 다오 맞지? 한국에 돌아간 거 아니었어?"

익숙한 목소리가 날 불러 세운다.

"와, 아베! 이렇게 만나기도 하는구나!"

칫솔과 치약 외에 아이들에게 줄 선물을 사느라 시장에 나왔는데, 따랑 마을 이장님의 아들 아베를 만났다. 우리는 놀랍고도 반가운 마음에 서로를 꼭 끌어안으며 인사를 했다. 1년 만에 다시 찾은 라오스에서 마을에 필요한 물건을 사러 일주일에 한 번 시장에 나오는 아베와 이렇게 마주치다니 이 우연과 인연이 신기할 따름이다.

"그런데 나오, 라오스에는 무슨 일로 다시 왔어?"

"내가 따랑 마을에서 사진 주러 갔을 때 칫솔이랑 치약을 나눠줬던 거 기억해? 이번에도 라오스의 어린아이들에게 칫솔이랑 치약을 나눠주려고."

"그럼 나처럼 뛰어난 아카족 통역사가 필요하겠네?"

라오스에 살면서 따랑 마을에 갔던 건 고작 두 번. 그런데 아베는 마치 오랜 친구처럼 내가 말하지 않아도 무엇이 필요한지 이미 알고 있었다. 아베를 보니 항상 친절했던 라오스의 친구들이 하나둘 떠오르며 그리움이 밀려왔다. 행방불명됐다던 아유가 생각나 소식을 물으려다가 서럽게 눈물을 흘리시던 아유의 아버지가 기억나 질문을 삼켰다.

두 번째 치카치카 프로젝트를 기획할 때부터 북부 산간 지방을 방문할 계획이었다. 북부 산간 지방은 워낙 빈곤한 지역이라 열악한 위생 상태는 물론이고, 가까운 중국에서 들어온 불량식품을 먹고 자란 아이들의 치아 상태가 좋지 않을 것도 뻔했다. 마음 같아서는 몇 주 동안 머물면서 최대한 많은 마을에 가고 싶지만, 열정만 앞세워 혼자 맨몸으로 실행했던 첫 번째 치카치카 프로젝트와는 다르게 냉철할 필요가 있었다. 3000개의 칫솔과 1000개의 치약에는 라오스 어린이들을 향한 많은 사람의 마음이 담겨 있다. 게다가 이번에는 나 혼자가 아니라 몇 명의 봉사자도 함께다. 많은 사람을 데리고 무작정 다닐 수는 없으니 북부 산간 지방에 대한 구체적인 정보가 필요했다. 미리 방문할 마을을 정해서 사전답사부터 해야 했다.

'아, 루앙남타에 완이 있었지!'

나는 가이드 완이 운영하는 여행사를 찾아갔다.

"완, 나 기억해? 나 다오야."

"이게 누구야! 당연히 기억하지. 널 이렇게 다시 보게 되다니!"

여전히 강렬하게 반짝이는 완의 눈빛을 보니 내가 가진 편협한 시야와 편견을 깰 수 있었던 루앙남타 트레킹이 떠오른다. 그때에 비하면 나는 좀 더 성장했을까.

• • •

내가 루앙남타를 다시 찾아온 이유를 들려주니 완은 적합한 곳들이 있다며 싱군과 롱군 지방에서 치카치카 프로젝트를 진행할 만한 마을들을 추려주었다. 완이 정리해준 마을과 루앙남타 교육청에서 추천받은 마을, 그리고 학교들까지. 두 번째 치카치카 프로젝트의 활동지가 정해졌다. 루앙남타 관할 관공서에 미리 방문 신고도 했다. 공문까지 제출하고 나니 엄청난 의료 봉사 활동이 시작된 기분이다.

드디어 6일간의 사전 답사를 마치고 두 번째 치카치카 프로젝트가 시작되는 날이다. 날짜에 딱 맞게 한국에서 보낸 지원 물품을 살펴보니 양치질의 중요성을 알려주는 그림책, 올바른 양치질 방법을 보여줄 수 있는 인형까지 들어 있다. 앞니에 김을 잘라 붙이고 표정 연기를 했던 첫 번째 치카치카 프로젝트와 비교하면 엄청난 발전이다. 그리고 온라인 카페에 내가 쓴 글을 보고 도와주기로 한 2명의 봉사자, 라오스에서 활동 중인 3명의 코이카 단원, 현지에서 섭외한 2명의 운전사, 아카족 통역사 아베까지 모이니 든든하다. 온라인에서 알게 된 봉사자 중 1명은 심지어 치의학을 전공한 예비 의사다. 우리는 2박 3일 동안 싱군에 있는 소수민족 중등학교, 아카족 마을, 롱군 고산의 몽족 마을 두 곳, 그리고 루앙남타 산간의 야오족 마을, 카무족 마을, 렌텐족 마을 등을 찾아갔다.

야오족 마을에 갔던 날인가, 마침 설 명절이었다. 커다란 방울이 달린 모자를 쓴 귀여운 소녀에게 부활절에 교회에서 나눠주는 것처럼 곱게 색을 칠한 계란을 선물 받았다. 이장님께서 야오족은 명절에 계란을 선물한다고 설명하는데 또 다른 아이가 다가와 수줍게 계란을 내민다. 내가 계란을 받자마자 아이는 도망가듯 뛰어간다. 나에게 먼저 말도 제대로 걸지 못하고 인사를 건네면 몸을 꼬며 수줍게 웃던 방비엥중학교 학생들이 생각났다. 그리운 녀석들, 잘 지내고 있으려나.

깜찍하게 웃던 아이들.
많이 보고 싶다, 얘들아.

# 에필로그
# 조금은 착하고 많이 무모했던 나의 여행을 마치며

"처음 양치질을 해보는 아이들은 잇몸에 피가 나더라고요. 그거 되게 아플 텐데, 애들이 어찌나 활짝 웃던지…… 정말 순수하고 예쁘네요."

"그렇지? 나도 이곳 아이들 웃는 모습 때문에 라오스에 빠진 것 같기도 해."

"그런데 우리가 하는 일이 이곳 아이들에게 얼마나 도움이 될지 모르겠다는 생각이 들기도 해요. 더 많은 아이를 만나면 좋겠다는 생각도 들고."

치카치카 프로젝트를 끝내고 돌아가며 소감을 말할 때였다. 치의학을 전공한 예비 의사 찬완이는 뿌듯했지만, 이 일이 실질적으로 얼마나 도움이 될지 모르겠다고 말했다. 첫 번째 치카치카 프로젝트를 마치고 라오스를 떠나기 전, 내가 블루라곤에서 피터에게 했던 말과 같다. 나 역시 피터에게 들은 말을 그대로 들려주었다.

"연못에 돌을 던지면 물결이 움직이잖아? 조금씩 조금씩. 그 정도의 영향만 끼칠 수 있다면 좋을 것 같아. 아직 바다에 돌을 던지지는 못했지만 말이야."

"하긴. 세상에는 아직 양치질을 안 해본 아이가 훨씬 많을 것 같아요. 이렇게 연못부터 시작하는 게 맞긴 하겠네요."

한국으로 돌아오는 비행기에서 펼친 잡지에는 파키스탄에 전 세계에서 가장 많은 난민이 있다고 나와 있었다.

'바다에 조약돌을 던진다? 바다?'

나는 그 자리에서 세 번째 치카치카 프로젝트를 실시할 나라를 파키스탄으로 결정했다. 나에겐 아직 바다처럼 막막하고 먼 나라 파키스탄을 향해 칫솔과 치약을 들고 떠나는 것이다.

내년에는 또 칫솔을 들고 어디로 가게 될까.

어떤 연못에, 어떤 바다에. 조약돌을 던지게 될까.

라오스가 그리운 저녁, 오동준

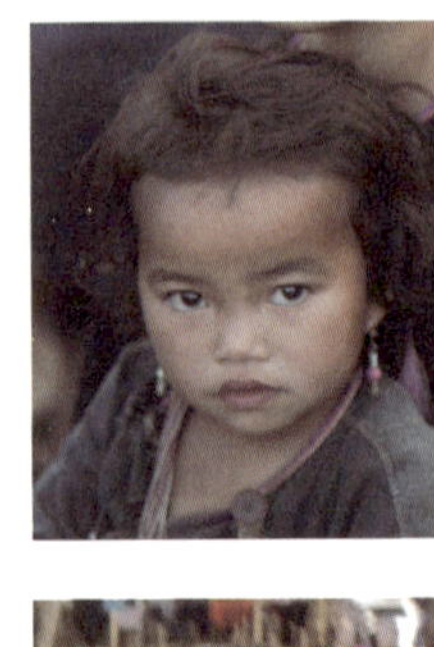
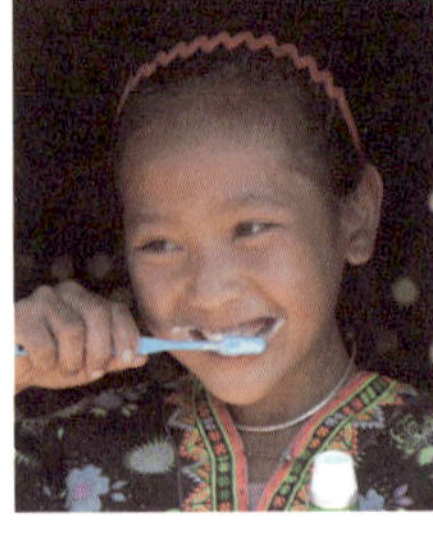

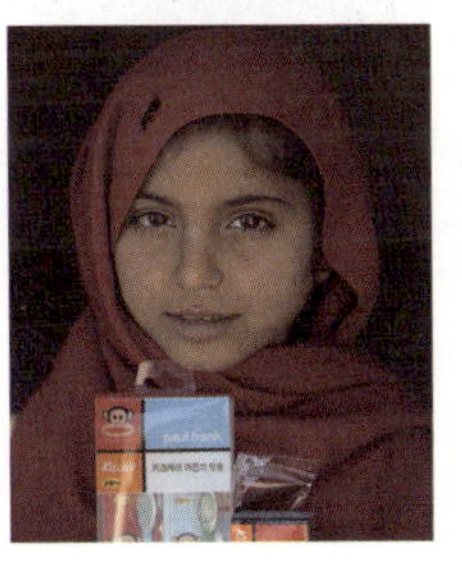
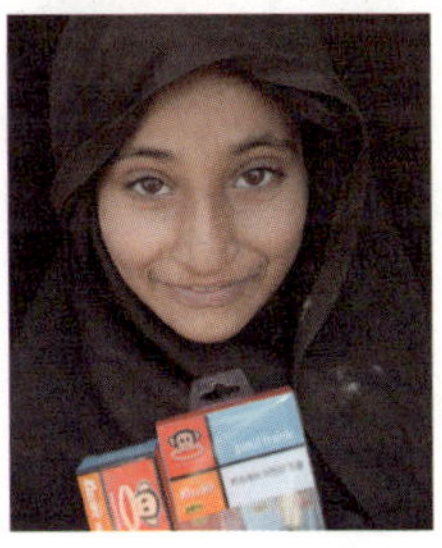

## 치카치카 프로젝트란?

치카치카 프로젝트는 개발도상국에 사는 아이들을 위한 치위생 교육 프로그램입니다. 빈곤층 아이들에게 칫솔과 치약을 공급하고 치위생 교육을 실시함으로써 아이들이 건강한 삶을 영위할 수 있게 하는 것이 이 프로젝트의 목적입니다.

## 프로젝트 활동 내역

1차 치카치카 프로젝트 | 칫솔 800개, 치약 200개 전달
2차 치카치카 프로젝트 | 칫솔 1758개, 치약 534개 전달
3차 치카치카 프로젝트 | 칫솔 4870개, 치약 1976개 전달
4차 치카치카 프로젝트 | 칫솔 3000개, 치약 1000개 전달 예정
치카치카 프로젝트는 계속됩니다.

**블로그와 페이스북을 통해**
**더 많은 이야기를 만나실 수 있습니다.**

홈페이지 treeple.net/chikachika
블로그 blog.naver.com/chikaproject
페이스북 www.facebook.com/chikachikaproject

# 하얗게 웃어줘 라오스

**초판 1쇄** 2013년 12월 17일

**지은이** 오동준
**발행인** 양원석
**총편집인** 이헌상
**편집장** 고현진
**책임편집** 김초롱
**디자인** 신용규
**교정·교열** 허지혜
**영업, 마케팅** 김경만, 정재만, 곽희은, 임충진, 김민수, 장현기,
송기현, 우지연, 임우열, 정미진, 윤선미, 이선미, 최경민
**펴낸곳** (주)알에이치코리아
**주소** 서울시 금천구 가산디지털2로 53
한라시그마밸리 20층
**편집 문의** 02-6443-8893
**구입 문의** 02-6443-8838
**홈페이지** http://rhk.co.kr
**등록** 2004년 1월 15일 제 2-3726호

ISBN 978-89-255-5183-8



**RHK** 는 랜덤하우스코리아의 새 이름입니다.